FERAS SELVAGENS CORREM POR ENTRE AS ESTRELAS

LUIZ ALPHONSUS

FERAS SELVAGENS CORREM POR ENTRE AS ESTRELAS

EDITORA RECORD
RIO DE JANEIRO • SÃO PAULO
2011

CIP-BRASIL. CATALOGAÇÃO-NA-FONTE
SINDICATO NACIONAL DOS EDITORES DE LIVROS, RJ

Alphonsus, Luiz, 1948-
A461f Feras selvagens correm por entre as estrelas / Luiz Alphonsus. – Rio de Janeiro : Record, 2011.

ISBN 978-85-01-09338-7

1. Contos. I. Título.

11-3502 CDD: 927.0981
CDU: 929:7.034(81)

Capa: Tina Velho e Luiz Alphonsus
sobre pintura de Luiz Alphonsus e fotografia de Domingos Guimaraens

Texto revisado segundo o novo Acordo Ortográfico da Língua Portuguesa.

Impresso no Brasil

ISBN 978-85-01-09338-7

Sumário

1

O sonho está ali na curva, esperando pra dar seu bote

Era noite, eu estava na frente da casa de Kátia, amiga quase namorada, quando Frans abriu a porta e não conseguiu conter o riso. Ele era gay e tentava ter a primeira experiência com uma mulher, e eu cheguei pra flagrar. Kátia bêbada, como quase sempre, gritou: "Viva, suruba!" Entrei, sentei e vi os dois nus. Nada acontecia no meio das pernas de Frans, não tinha imaginação suficiente pra foder uma mulher. Era um grande artista, mas usava em suas obras somente imagens de pirocas e cus que povoavam a sua cabeça. Louro, forçava mais ainda a cor dos cabelos com água oxigenada e sol, pensava em mudar para Nova Iorque e viver lá para sempre. Uma TV em preto e branco num canto, o ambiente azulado, não havia janelas abertas, e a fumaça do cigarro não tinha por onde sair. Era um clima de sonho. Nada interferia no meu sentimento pelos meus amigos, ele gay e ela totalmente delirante. Queria ser uma grande atriz e ser reconhecida por todos, mas esquecida quando andasse pelas ruas de Ipanema bêbada e sem ter o que fazer.

Astolfo era um gato manco que Kátia tinha pegado na Praça N. Sra. da Paz, deixava um cheiro de urina no ar. Ali as coisas eram pouco previsíveis, não sabíamos aonde tudo ia dar, o futuro pouco importava. Não tínhamos a menor preocupação com a vida, tudo parecia fluir muito bem. Só um pouco de comida na geladeira e algum dinheiro bastavam. Um punhado de maconha na mesinha junto com o incenso, e o mundo pela frente. Assim nada poderia dar errado.

Deixei os dois e saí pela porta. Peguei meu carro e fui pra Copacabana. Estacionei e resolvi andar. Algo pouco comum em uma cidade violenta. Nada parecia acontecer em lugar algum. As pessoas passavam e não conseguiam sequer se entreolhar. Rodei bastante até ser surpreendido por um convite:

— Ei, garoto, quer dar uma trepada? — Uma senhora de seus 50 anos na sombra da portaria de um prédio. O convite era atraente.

— Por que não? — respondi.

Tudo quase real num escuro sem luz. Uma mulher solitária e mal iluminada, e eu que tinha alguém sempre ao meu lado, estava ali sozinho, meio perdido na cidade. Podia ter comido minha amiga colorida Kátia e estar com ela agora, mas a abandonei naquela noite com o nosso amigo comum, o Frans, pra que ele tentasse sua primeira foda com uma mulher.

— Vamos aonde? — perguntei.

— Pro meu apartamento — a mulher disse.

— Tá legal, então vamos.

As paisagens são ilusórias; quando você olha outra vez, o horizonte nunca está no mesmo lugar. Se você pensar bem, em cada ser, em cada vida, tudo é enlouquecedor, nada possui saída, estão todos sempre presos em uma sequência permanente de espaços.

Fui pro apartamento com a mulher que nem mais idade possuía. Um vestido decotado nas costas lhe caía muito bem. Era atraente e não tinha nome. Me ofereceu um copo de vinho; bebi. Também havia um gato e cheiro de urina no ar, mas as janelas estavam abertas; era verão. Seus peitos eram enormes, lindos e cheirosos. Trepei a noite toda e saí antes do amanhecer.

2

As coisas acontecem. Você não controla nada. Tudo é assim sem nenhum pensamento preexistente

Eu tinha um pequeno apartamento em Laranjeiras, lá produzi grande parte do meu trabalho como artista plástico. Não pensava muito em filosofia, mas gostava de Wittgenstein. Gostava da ideia de ele nunca ter escrito toda sua obra; escreveram grande parte por ele a partir de suas ideias e anotações. Acho que foi isso que me fazia pensar em parar de produzir; talvez alguém pudesse trabalhar por mim. De certa maneira fiz o inverso. Comecei a aceitar ideias de amigos, principalmente daqueles que não produziam nenhum desenho ou projeto visual algum, músicos, por exemplo, e sem muitas questões intelectuais como eu as tinha. Depois fazia alguma coisa com essas ideias que me foram dadas e anotadas.

Havia um amigo, o Dinho. Tocava violão nas noites pra levantar algum dinheiro e durante o dia era pintor de parede; morava no Santa Marta. Dinho olhava minha produção de desenhos, projetos, fotografias e instalações, tal como a que eu tinha feito para a XI Bienal de São

Paulo — *Dedicado à Paisagem do Nosso Planeta* — e com a qual eu tinha levantado alguma grana com o Prêmio de Pesquisa daquela bienal.

Dinho olhava tudo, coisas boas, ótimas e ruins. Exatamente o que compõe a caminhada de qualquer artista. Olhava e pensava. Com Dinho eu subia tranquilamente o morro, bebia nas biroscas de lá, fotografava e conhecia pessoas.

— Ô Luiz — o Dinho me falou, numa tarde que bebíamos juntos —, por que não pega essas fotos que você faz e realiza uns desenhos, umas montagens, pra gente pregar nas paredes? Pinto de branco vários lugares, várias casas, e depois fica tudo vazio. Mas não pode ser o que você tem feito, porque quase ninguém vai entender. Por que você não reproduz coisas que estão à sua volta, o Rio de Janeiro, por exemplo?

— Crônicas do cotidiano? Paisagens naturais? Humanas? Que mais?

— Vai fundo que você consegue.

Comecei a partir daí uma produção paralela a todo um trabalho que eu fazia na época, dito Conceitual. Não era bem Conceitual, mas a turma dos artistas dizia assim. Pensei que essa nova produção não podia ser Conceitual, a não ser que fosse um Conceitual Caboclo. E foi dessa maneira que comecei a pensar esse novo trabalho. "*O Conceitual Caboclo, O Ambiental Enigmático, O Despacho das Artes.*" Despachos como preces, Ambiental como a paisagem da cidade habitada, e o Caboclo como nós mesmos.

Continuei subindo o Santa Marta, apesar dos tiros. Bebendo nas biroscas e me encantando pelas "princesas da laje". Namorei umas duas de lá. Tudo um pouco complicado.

— Ô meu — o Dinho me disse um dia —, minha mãe tá precisando de uma geladeira. Como você sabe ela mora quase no último barraco lá de cima. Tá ficando difícil pra levar comida todo dia pra ela.

— Ô Dinho, tenho uma geladeira de escritório sobrando, vamos levar lá.

Reunimos o pessoal e começamos a subida com a geladeira nas costas. Sofrimento puro. Tínhamos que parar a cada instante. O coração muitas vezes parecia que ia sair pelo ouvido. Demoramos um tempo enorme. Chegamos. A geladeira foi colocada na sala. Uma maravilha a felicidade de Dona Lucinha. Agora o descanso. Deitamos no chão do lado da geladeira. Umas cervejas já geladas chegaram da birosca mais próxima e foram armazenadas no compartimento do congelador. Começamos a beber. Ficamos ali uma eternidade, e tudo foi voltando ao normal. O cansaço passou, a felicidade pela geladeira nova quase sumiu. Restaram as cervejas, a paisagem com o Pão de Açúcar à frente e o sol se escondendo atrás de nós no morro.

— Ô Luiz — falou o Dinho —, a Claudeci taí na porta querendo falar com você. Vê se não briga com ela como da última vez.

Era uma das "princesas da laje" que eu tinha namorado e estava pegando no meu pé.

O morro, a favela. Um gueto estranho ao qual eu não pertencia. Só tinha alguns amigos lá. Mas nisso eu podia confiar.

3

Uma tela pintada

Muito além deste lugar está a mata virgem e o índio de tocaia:

— How do you do MY FRIEND?

— Not too bad.

E fomos andando pelas ruas de Nova Iorque, onde todos os acontecimentos se juntam em cada esquina.

Sairemos caminhando de nossas casas — -, atravessaremos / ruas, avenidas, praças e jardins. Todos nós iremos passar por aquele mesmo lugar no centro da cidade em que vivemos; mas nosso momento não coincidirá, nem nossos passos, nem nossa razão ou pensamento.

Estamos na cidade — real ou sonhada —, presos nos automóveis, ônibus, metrôs. Apesar de juntos, somos muito diferentes uns dos outros — ali ou em qualquer outro lugar.

4

Cidades perdidas, pessoas ao longe, cada uma inventando sua própria vida

Tinha uma vizinha muito jovem, magra, morena, alisava o cabelo, arredia, não falava com ninguém. Minha porta ficava de frente pra dela. Estranhava que, mesmo sendo sozinha, tinha sempre barulho de várias pessoas dentro da sua casa.

Não me meto na vida das pessoas, só quando insistem muito comigo dou algum palpite. Mas essa vizinha me provocava. Saía de casa sempre se despedindo de alguém, principalmente quando me via chegando ou saindo no mesmo tempo que ela.

Certo dia, falei:

— Oi.

— Oi — ela me respondeu.

Começamos ali um diálogo.

Minha vizinha era estranha. Sempre quando eu imaginava realidades paralelas, pensava em habitá-las com pessoas como ela.

O mistério dos ruídos dentro da sua casa continuava. Ela mantinha a rotina de viver acompanhada por várias pessoas bem barulhentas e que nunca eram vistas. Nas noites de sábado, de uma forma geral, tinha festa. Gargalhadas, música alta, copos que se quebravam, balbúrdia até a madrugada, quando então tudo se acalmava, para encontrá-la no dia seguinte com cara de ressaca.

Muitas vezes, a porta de sua casa ficava entreaberta. Tinha uma correntinha que a firmava numa posição que não dava pra ver lá dentro, mas os sons assim podiam fluir melhor. Dificilmente conseguia entender o que se falava ali. Normalmente as vozes se entrecortavam em uma quebra de diálogos sem fim.

— Me convide pra uma de suas festas — falei um dia.

Ela mudou de cor, ficou pálida, apesar de sua pele muito morena, e correu.

Pronto, tinha estragado minha aproximação.

Continuei vivendo ali, sem mais vê-la. Acreditava que ela tomava todo o cuidado para não mais me encontrar. Devia sempre olhar com atenção antes de sair ou chegar para não bater comigo. Mas as pessoas e as festas continuavam lá.

Evitar alguém pode ser rejeição ou excitação, depende do que você quer com isso.

Minha vizinha um dia deixou a porta entreaberta e sem a corrente; a escutei soluçando. Me aproximei, e a porta se abriu ao meu simples deslocamento; entrei em sua casa. Ela estava num canto, numa espécie de sofá, com as mãos no rosto e continuava a soluçar. Aos poucos um choro grave saiu dos soluços. Olhei para os lados e encontrei uma enorme profusão de fios, caixas de sons, computadores, garrafas de vinho vazias, alguns copos quebrados organizados numa estante espelhada, e um mecanismo que, ligado a um motor, levantava uma alavanca que subia e voltava ao chão batendo com força, parecendo passos de pessoas. Uma engenhosidade sem fim. Tudo bem colocado, colorido e bonito. Enfim, ali estavam as vozes e os ruídos de toda aquela turma que povoava o mundo da minha vizinha. Uma grande obra de criação. Com meu vício de artista, imaginei uma instalação, uma grande performance, algo assim.

— Você é uma artista, criou tudo isso. Você tem que mostrar pra todos a sua obra.

Não me respondeu, o choro aumentou. Fiquei sem saber o que fazer. Me aproximei dela e toquei seu ombro.

— Fica comigo, não vá embora — falou debaixo de um choro agora convulso.

— O que você quer?

— Ficar com um homem real.

Fiquei mudo, mas fiquei ali o resto do dia e da noite.

Algum tempo depois ela se mudou, não sei pra onde.

Ela não gostava muito deste mundo; ela era somente jovem e louca.

5

Quando queremos, podemos ter tudo aquilo que estamos a fim. Como? Como é que é?

Rá! Rá! Rá! É isso, risos. Foi assim que começou nossa noite no Planalto Central, toda turma reunida para uma festa popular que acontecia todos os anos em Brasília; a Festa dos Estados. Éramos mais ou menos uns dez, entre nós, na época estudantes da Universidade. Tinha também o Carlão, um motorista de caminhão, nosso amigo, e o Pernambuco, dono de uma birosca da beira do lago que frequentávamos. Mais o Paulo, mais o Bruno e mais ainda; todos boa gente.

A Festa dos Estados era uma daquelas festas para arrecadação de fundos que no final não se sabe onde vão parar. Como a Feira da Providência no Rio de Janeiro, esta também com fundos que se desconhece onde foram aplicados; a não ser nas décadas de 1950 e 1960, quando Dom Helder Câmara comandava toda a história. Fundos aplicados claramente, e que, por exemplo, construíram a Cruzada São Sebastião. Um problema criado, mas está lá até hoje ajudando dezenas de famílias, centenas de pessoas.

Lembro eu lá dentro, em maio de 1988, fotografando um evento sobre os cem anos da Abolição, era também o ano da nova Constituição. Tudo parecia melhor que antes, mas não foi bem assim. Bom, isso já é uma outra história.

Rá! Rá! Rá! É isso, risos. Foi assim que começou nossa noite no Planalto Central.

A Festa dos Estados tinha muita comida. Cada barraca com nome de um estado do Brasil e suas iguarias típicas. Nada funcionava sem ter muita bebida, o quentão ou a cachaça pura. Os anos eram difíceis, vivíamos em plena ditadura militar, porra... Que coisa insuportável! Em cada barraca da Festa dos Estados tinha sempre um milico dando ordem e comandando o seu funcionamento.

— Vamos na barraca do Rio Grande do Sul, tem um churrasco muito bom lá — falou o Carlão, o motorista de caminhão, e continuou falando coisas incompreensíveis. Carlão era um armário de 2x2, e já estava bem tocado por toda a cachaça que tinha bebido.

Alguma coisa dizia que ia pintar uma cagada. Estava todo mundo bêbado, mas mesmo assim fomos pra tal barraca do Rio Grande do Sul.

Tinha uma fila enorme e o Carlão não via mais nada, só o churrasco, e ainda cantava uma música inventada na hora e seguida pelo Pernambuco:

— Vou comer um churrasco / um churrasco/ um churrasco...

Carlão e Pernambuco entraram na barraca e pegaram da grelha dois espetos de churrasco, sem entrar na fila, sem pagar, nem porra nenhuma. Foi o ponto de partida. O milico-chefe da barraca foi pra cima do Carlão com uma garrafa. Aí gritei: "EU PAGO TUDO." Não adiantou. O milico ainda me olhou, mas em seguida acertou a cabeça do Carlão com a garrafa. O Carlão só balançou, apesar do sangue que desceu, e com um movimento de pernas acertou o milico nos peitos. Este recuou e caiu sentado na grelha em brasa. Os meganhas que acompanhavam o milico-chefe partiram pra cima do Pernambuco, de mim e de todos nós que estávamos juntos. Só que, naquela época, o ódio pelos militares era muito grande; aí a revolta foi geral. Aqueles que estavam na fila, aguardando o churrasco, partiram em nossa defesa. A porradaria foi total. Me lembro, no meio da confusão, encaixando um murro no queixo do milico-chefe, de sei lá de que patente. Ele era muito mais forte do que eu, mas já tinha tomado porrada demais, e caiu duro no chão. Foi a melhor coisa que me aconteceu. Me senti ali vingando todos nós perseguidos e mortos pela ditadura.

A polícia chegou.

Fugimos.

— QUE ZONA QUE NÓS FIZEMOS — gritou o Carlão enquanto corríamos.

— ISSO É ALTA FILOSOFIA SUA, CARLÃO — respondi no mesmo tom, e começamos a nos dispersar numa gargalhada geral.

No dia seguinte o jornal dizia:

Internado em estado grave, depois de uma briga envolvendo vários populares, durante este sábado na Festa dos Estados, o militar que comandava a barraca do Rio Grande do Sul.

Não vi mais o Carlão, o Pernambuco fechou a birosca e eu e meus colegas da universidade, por segurança, ficamos fora de circulação por um bom tempo.

6

Assim como almas, quase de maneira inexistente, somos guiados a um fim. Somos aqueles que não escolhem seu caminho. Somos sempre pegos de surpresa

Era noite, e eu estava indo para a Boate Elite no centro da cidade; nessa época eu tinha um Fusca. Lá sempre encontrava com alguns amigos meus. Um deles era o Ronaldo Capeta, que gostava de bancar o demônio, o coisa-à-toa, o capeta mesmo. Ficava parado em encruzilhadas, vestido estranhamente, e gritava quando alguém passava à noite. Era algo terrível e assustador. Ele era muito alto e forte e não se intimidava quando alguém resolvia revidar o susto. Fazia uma cara diabólica e começava a falar uma língua estranha com um tom grave e altíssimo.

Nessa noite eu não esperava nenhum problema. Queria me divertir, dançar um pouco na gafieira com algum par que encontrasse. Estava dirigindo, liguei o rádio do Fusca e fui sonhando com alguma mulher que poderia me acontecer. Cheguei, parei o carro; mal saltei veio aquele grito do meu lado. Era o Ronaldo Capeta.

— Puta que pariu. Ô Ronaldo, que merda, você tá destruindo a poesia da noite.

— Que poesia, que nada, Luiz. Tô com umas ideias que vão arrebentar. Olha, você sempre arranja uma gatinha quando vem aqui. Pois é. Vê se hoje você descola um carro cheio de gatas.

— Ô Ronaldo, que maluquice é essa?

— É o seguinte: construí a camuflagem perfeita para um Fusca. Na realidade, pro seu Fusca, pois eu não tenho carro nenhum, você sabe, mas precisamos da sonoplastia.

— Que sonoplastia?

— Gritos estridentes de mulheres.

Ronaldo Capeta sobrevivia como bancário, mas seu talento era mesmo pra alguma coisa mais. Podia ser um designer de moda de mão cheia, pois bolava coisas incríveis. Todas as roupas com que saia à noite eram feitas por ele mesmo. Capas de várias cores, camisas e turbantes. Com tudo isso e mais ainda, ele percorria as ruas produzindo um show permanente à sua volta, incluindo aí seus números de terror nas encruzilhadas.

— Sou melhor que Hélio Oiticica e seus "Parangolés" — dizia.

Bom, naquela noite ele queria algo diferente, e eu estava nos seus planos.

— Vamos encher o carro de mulheres — disse o Ronaldo.

— Olha, Ronaldo, eu não sou esse picão que você tá dizendo, e também não sei qual é a sua ideia que vai arrebentar; me fale antes.

— Vamos tomar umas cervejas antes de conversar, e além do mais podemos encontrar mais alguém.

Sem dúvida havia mais alguém; era Kátia, já bêbada, que entrava na Elite ao mesmo tempo que nós. Ela sempre trazia uma garrafa de vodca barata na bolsa e bebia pra cacete.

— Luiz, meu querido — Kátia falou pra mim.

— Olha quem tá aqui.

— Ronaldo Maluco!

— Ô Kátia, maluco não, Capeta.

— Tá bom... Capeta.

Resolvi entrar e deixar os dois pra lá, tomar umas cervejas, conversar com outros amigos, escutar umas músicas que a orquestra tocava e dançar.

A Elite continuava uma ótima gafieira, se bem que os frequentadores sempre gostavam de chamá-la de Academia de Dança.

Bebi bastante, encontrei um par e fiquei com ela; se chamava Cassandra.

Claro que, depois de muita cerveja, comecei a pensar no que seria meu Fusca camuflado e ainda na sonoplastia feminina. Foi quando o Ronaldo colou em mim outra vez, acompanhado da Kátia.

— Luiz, vamos lá na casa do Capeta, ele tá pensando coisas incríveis — disse Kátia.

— Me dê um crédito, tô com uma ideia genial, já tá tudo preparado. Criei uma roupa pro teu Fusca. Vamos fazer um show pela cidade, mas deixa antes te mostrar tudo. Traga sua companhia da noite pra participar. Bastam Kátia e ela como sonoplastia.

— Você topa ir com a gente e pagar pra ver Cassandra? — perguntei.

— Vambora. Só deixa eu chamar a Carla que tá comigo.

— Oba, agora são três — disse Ronaldo.

Saímos todos juntos.

A casa do Ronaldo Capeta ficava em Santa Teresa; fomos até lá. No caminho ele começou a falar:

— Usei o Fusca do meu vizinho pra moldar a roupa. Tem umas pontas que vamos amarrar nos para-choques. Tem uma corda que entra pela janela e passa pela outra e amarra tudo. Você pode correr à vontade que a roupa não sai. Ela é preta, o que é perfeita camuflagem pra noite, não reflete luz alguma. Ainda criei um cinto que me prende à parte de trás pelos quebra-ventos traseiros, é superseguro, e eu vou do lado de fora do carro gesticulando pra todo mundo, e dentro você dirige olhando pela abertura que deixei pro vidro do motorista e os laterais. Vamos passar na frente dos bares, dos restaurantes, pelos pontos das putas e travestis. Eu vou me vestir com minha última criação; vai ser um show. Aí entram as meninas. Elas vão gritar sem parar sempre que estivermos atuando. Nós vamos criar a maior confusão, ninguém vai entender nada. Só depois que já tivermos ido embora. Vamos ficar famosos. O carro da noite. Ele vai voar pelas ruas da cidade, aparecer e desaparecer. Vai ser mágico, o carro Capeta.

A empolgação do Ronaldo era tanta que contagiou. Chegamos na sua casa e vestimos a roupa no Fusca, e ele, o autor de tudo, vestiu sua última criação. A sua roupa também preta tinha uma máscara luminosa costurada numa capa, e toda essa roupagem, a do Fusca e a do Ronaldo, se integrava perfeitamente. Partimos com ele amarrado do lado de fora.

Descemos de Santa Teresa pra Glória. Chegamos na frente do primeiro bar. Antes, Ronaldo tinha passado as instruções: "Quando chegarmos nos lugares vou bater três vezes na capota e as mulheres começam a gritar, e só param quando o fôlego acabar." Elas eram três, a Kátia nossa amiga, e as duas outras, Cassandra e Carla, que foram pescadas na Elite. Aí o Ronaldo Capeta bateu três vezes na capota, a gritaria começou. Eu não conseguia ver nitidamente o que acontecia, pois a roupa do Fusca cobria quase tudo; era tudo um grande delírio de loucura.

Partimos pro bairro do Flamengo e depois Botafogo, e tudo se repetia na frente de cada bar, ponto de ônibus ou qualquer movimento maior de pessoas. Chegamos a Copacabana na Rua Prado Junior, na frente do restaurante Cervantes; aí foi a apoteose. Sentia o Fusca balançar inteiro com os movimentos do Ronaldo Capeta. As mulheres gritavam, e eu estava surdo e não via quase nada; a vestimenta do carro se deslocara pra frente. Bati no meio-fio, e as duas rodas da direita subiram na calçada. Escutei um apito de algum guarda, voltei pra rua e entrei na primeira à direita; segui. Agora uma sirene de polícia se aproximava. Entrei novamente à direita e parei. Todos nós pulamos pra fora e começamos a tirar a vestimenta do carro. Ronaldo já estava sem a capa e a máscara. Enfiamos tudo debaixo do Fusca, e saímos andando como uma turma tranquila, prendendo o riso e com o coração aos pulos. O carro da polícia passou devagar, não tinha pista nenhuma. Ganhamos a noite. Ronaldo Capeta se sentia vitorioso, peito estufado e falando sua língua incompreensível.

Não imaginava que algo tão incrível pudesse ser repetido. Mas o fizemos ainda algumas vezes. Criamos outras intervenções na cidade, outras manobras com Ronaldo no comando e muito mais pessoas participando. Tudo até que todos os lugares começassem a ser povoados por outros piores e criminosos capetas; por aí paramos.

Continuamos vivos.

7

A onça-parda e o guará se defrontaram.
Cada um achou melhor ir embora sem pensar.
Como pássaros que voam pra longe do perigo
espalhando cores pelo ar.

Um relato quase infantil

Morávamos em uma casa numa rua da periferia de Belo Horizonte, casa frequentada por inúmeros parentes. Para mim, ainda muito novo, não dava para distinguir os que eram legais daqueles que não. Todos pareciam pessoas normais. Às vezes escutava alguém comentando sobre a loucura de uns e a doença de outros. Não entendia como podia haver tantas pessoas num mesmo lugar nos fins de semana. Todo mundo se encontrava e falava principalmente da vida daqueles que não estavam presentes. Eu observava todos, mas gostava mesmo era de minhas primas, me sentia melhor com elas do que com qualquer um. Eram cheirosas, carinhosas, principalmente quando me chamavam para brincar; aí era tudo de bom. Meus primos muitas vezes me chamavam de "mariquinha" por ficar tão próximo delas. Volta e meia eu respondia: "Já beijei todas." Aí o silêncio era total.

Havia na nossa casa uma empregada que eu achava espetacular. Seu nome era Maria; claro que só podia ter esse nome. Já era adulta, e sempre tinha algum namorado conversando com ela no portão. Me imaginava no lugar dele. Flores, era isso, sempre traria flores para ela se eu fosse seu namorado. Minhas primeiras punhetas foram pensando nela. Meu primeiro sonho erótico que gozei foi com ela. Tinha os braços muito brancos e fortes e estavam sempre à mostra; sua boca sempre vermelha me atraía. Pensei muitas vezes em agarrá-la, mas o máximo que fazia era me esfregar nela quando nos encontrávamos no corredor da casa; o que nunca era mal recebido. Muitas vezes, de forma proposital, a porta do banheiro dos fundos ficava entreaberta nos banhos que ela tomava, e sempre sorria quando eu a via através da meia cortina de plástico opaco que cobria seu corpo. Era um sonho. Pensava em me declarar para poder possuí-la; faltava coragem. A minha adolescência tinha chegado, o que não era nada demais, só não compreendia direito o que estava acontecendo.

As tardes e as noites começaram a ser melhores que as manhãs. Estudava mas queria me divertir. Aprendi a tomar cerveja e comecei a penetrar em alguns pequenos porres. Gostava de ler alguns livros, isso me diferenciava dos meus amigos, então eu não comentava sobre nada lido. Maria continuava na minha cabeça e no meu desejo, mas isso também era silêncio.

Com os meus amigos, comecei a enfrentar o perigo das mulheres. Conversava com algumas e ficava levemente com outras, nada demais. Só sonhos, que se desmanchavam ao encontrar o sorriso de Maria.

Pra mim foi um choque quando chegou a notícia que Maria ia se casar. Era com um dos namorados do portão, não dava pra acreditar. Logo agora que eu tinha lido tudo sobre como foder, pensava. Também comecei a reparar que ultimamente Maria já não era a mesma comigo, não deixava mais eu sarrá-la no corredor e muito menos vê-la no banho. Que merda; sentia que ia ficar sem Maria pra preparar minha comida e lavar minhas roupas, mas o pior ia ficar sem ver a sua boca vermelha sorrindo. Não dava pra fazer mais nada, o casamento tinha até dia marcado. E é claro que eu não iria, achava.

Numa tarde, algo novo veio pela frente. Um amigo mais velho me convidou para ir à zona. Era uma casa escondida num outro canto da cidade. Enchi meu bolso com minha mesada. Éramos menores de idade, eu e ele, e só poderíamos entrar muito escondidos, e para isso era necessário um código que ele conhecia muito bem. Quando chegássemos, deveríamos ficar parados do outro lado da rua junto a um poste que possuía uma marca vermelha. Se a porta lateral da casa abrisse, poderíamos entrar. E tudo aconteceu assim, de repente eu estava numa pequena sala rodeado de mulheres mais velhas sem saber o que fazer. Veio um frio no estômago que só passou com o afago de uma dessas mulheres, que pegou meu pau e me levou pra um dos quartos da casa. Trepei pela primeira vez. Gozei mais rápido do que as punhetas que tocava, e depois gozei de novo, e de novo. Fui embora com meu amigo. Estava feliz e me sentindo ótimo, com uma nova vida pela frente.

Tocava minha adolescência, e agora melhor ainda, porém sempre voltava à ideia de que Maria ia se casar e não gostava nada daquilo. Aí comecei a pensar mais claramente e de forma diferente de tudo que sentia até então. Imaginava que se tivesse me declarado a ela, eu possivelmente estaria comprometido. Maria não gostaria só de foder, pensaria em filhos, e eu teria de trabalhar. Pior que ainda não tinha idade para ganhar o suficiente, seria uma encrenca, e além do mais, onde é que nós iríamos morar?

O dia do casamento chegou. Maria usava a nossa casa como dela, era considerada da família; isso pros outros parentes, não pra mim. E foi na nossa casa que ela se vestiu de noiva. Estava linda, achei. Maria sentia meu sofrimento, volta e meia me olhava durante os preparativos finais para o casamento. Foi incrível quando a encontrei no corredor, num momento daqueles de trégua que acontecem antes de qualquer batalha: se aproximou de mim, pegou meu rosto e me deu um leve selinho nos lábios. Quase morri, mas fui ao casamento achando o noivo um babaca. Mesmo assim senti que meu coração estava quebrado.

Passou o tempo, e minha casa tinha uma nova empregada que não me atraía em nada. Continuei indo à zona, muitas vezes sozinho; já era íntimo das putas de lá. E pensava que Maria ter ido embora foi a melhor coisa que me aconteceu, assim ela não tinha me dado nenhum problema, e que as melhores mulheres do mundo eram sem dúvida as prostitutas, e que sempre as teria do meu lado, pois pagamos para que elas nos deixem ir embora sem cobrança e sem nenhuma dor de despedida.

Mudei de tempo e cidade, e as lembranças estão soltas por aí. Minha vida com as mulheres não seguiu como eu acreditava na primeira parte da minha existência. Na realidade, sempre me liguei a uma Maria, e as putas..., essas ficaram pelo caminho.

8

Todas as madrugadas têm um ruído, os ruídos da madrugada nunca se repetem, cada madrugada é única. Na realidade, elas nem se parecem

Não podia imaginar que toda a minha raiva de algumas pessoas que me irritavam profundamente poderia ter um desfecho bem agradável para mim. E não tão terrível para elas.

Morava numa rua arborizada do Cosme Velho, num andar alto de um prédio familiar. O porteiro, meu grande amigo, transformou meu nome de Luiz para Luz e depois, finalmente, Lua. Passei uma época da minha vida sendo conhecido por todos como o Lua.

O porteiro se chamava Waldir, era um negro de seus 60 anos, respeitado por todos que o conheciam. Tinha uma mulher, a Iraci, e dois filhos, sendo um o Sérgio e o outro o Paulão. Este tinha minha idade e era meu companheiro nas noites do Rio.

— Cuidado vocês dois — dizia o Waldir quando saíamos juntos.

— Pode deixar meu pai preto — respondia.

— Vamo lá irmão, antes que o sermão seja longo demais — falava Paulão batendo no meu ombro pra gente ir embora.

Vizinho a meu edifício havia um outro, habitado por pessoas nem sempre muito simpáticas. O lugar ficava numa rua sem saída, e os carros estacionavam na frente dos prédios. Tinha uma família, se é que se pode chamar de família um bando de imbecis, que morava nesse prédio vizinho. Essa família criava permanentes problemas para meu amigo, o porteiro Waldir. Tudo sempre relacionado com o estacionamento do carro deles.

O carro era um Opala preto, super bem-tratado, ao ponto de irritar. Imaginem que durante os fins de semana ficavam eles lá na rua limpando todos os cantinhos da lataria, dos vidros, do estofamento, dando brilho nos para-choques e colocando silicone nos pneus; era demais para todos.

Um dia tudo começou a acontecer.

— Porra, não aguento mais — disse o Waldir.

— Que foi? — perguntei.

— Esses caras daí do lado me culpam todos os dias pelas boladas que as crianças daqui do prédio dão no carro deles, vêm aos gritos, falam quase cuspindo na minha cara que não posso mais molhar o jardim quando o carro deles estiver parado aqui na frente, pois respinga água na lataria, e depois a rua é pública mas o jardim não, e que eu não posso molhar além da calçada nem com respingos. Outro dia ainda por cima ofenderam a Iraci quando ela tentava acalmar os ânimos e pôr um ponto de paz em tudo.

— Por que você não fala calmamente pra estacionarem mais pro fundo da rua?

— Já falei com toda educação, mas eles respondem só com grossuras, não sei mais o que faço.

Tinha que dar um jeito nisso, pensei. Chamei o Paulão pra uma conversa particular.

— Olha, seu pai tá tendo um problema com os imbecis.

— Tô sabendo.

— Tô pensando dar um fim nisso.

— Tô dentro.

— Quando é mesmo que seus pais saem de férias?

— Mês que vem.

Sabia que o Waldir e sua mulher Iraci possuíam uma casa em Itaguaí, e quando tinham uma folga iam pra lá. Então era isso. A medida contra os imbecis teria que ser tomada durante as férias deles pra não levantar nenhuma suspeita contra meus amigos.

Finalmente saíram de férias, e o plano foi posto em ação.

— Paulão, vamos ao supermercado.

— Ô Lua, vê lá! Não vai arranjar muita encrenca.

— Vem comigo, vamos comprar dois mamões Bahia, daqueles bem grandes.

Bom, o plano era isso aí: comprar dois mamões Bahia e deixá-los amadurecer bastante, e durante uma madrugada acertar a capota do carro dos imbecis.

Passaram-se os dias, os mamões amadureceram, e lá do alto do meu apartamento, durante a madrugada, eu e Paulão acertamos a capota do Opala limpinho. Paulão foi embora e eu fui dormir.

— FILHOS DA PUTA — gritavam em coro os imbecis pela manhã.

Não surtiu o efeito que eu queria, ou melhor, o efeito que surtiu foi que os imbecis colocaram um vigia para tomar conta do carro, alegando que vândalos estavam atacando a rua. Dessa forma, pretendiam dividir as despesas desse tal vigia com os outros moradores.

— Ô Lua, e agora?

— Calma, Paulão. Os romanos, quando atacavam durante a madrugada, pintavam de preto as bolas de ferro ou as pedras que colocavam nas catapultas, e seus adversários ficavam loucos por não verem de onde vinham os petardos. Vamos pintar de preto outros mamões e tacar de novo na capota do carro. Não vai ter vigia nem ninguém que vai ver de onde partiram os mamões. Principalmente neste prédio com tantos apartamentos.

Foi o que fizemos. Mas é claro que tivemos que usar um número maior de frutas, pois não poderíamos fazer uma pontaria direta. O vigia nem ninguém poderia ver nossas mãos arremessando os mamões, então tivemos que jogá-los de dentro do apartamento, por isso usamos dez deles para que algum conseguisse acertar o alvo. A sujeira foi muito maior, e escutei outra vez pela manhã: "FILHOS DA PUTA." Mas foi o suficiente; o carro saiu da frente do nosso prédio e foi para o fundo da rua e de sobra ganhou uma capinha de proteção.

Waldir e Iraci voltaram de férias e não tiveram mais problemas com os imbecis.

Volta e meia, sabendo da história dos mamões, que corria à boca miúda, ele me perguntava:

— Ô Lua, o que que você andou fazendo?

— Nada, meu pai preto, nada... — respondia.

9

Faixas de luzes perdidas na atmosfera terrestre... Quanto tempo levarão até a próxima estrela?

A força da adolescência estava toda ali

Eu era adolescente e passava férias de verão com minha família na praia do Flamengo. Avó, mãe, pai, irmãos, tios, primos, todos um pouco embolados em dois apartamentos de um edifício enorme, antigo, com uma grande garagem, várias e amplas galerias e jardins internos. Isso facilitava minha vida de jovem, pois vivia mais tempo pelas partes comuns do prédio do que mesmo dentro de casa. Cultivava assim uma liberdade maior.

Ia à praia, andava pela rua do Catete, caminhava até a Lapa, e às vezes, com meus primos, chegávamos a Vila Mimosa do Mangue para foder uma puta.

Havia um bando de meninas que também viviam pelas áreas comuns desse prédio, que também iam à praia, à rua do Catete e costumavam ir quase sempre ao cinema Asteca. Esse cinema tinha programações diferentes e diárias durante o verão. A sua arquitetura era mesmo incrível, possuía na sua entrada colunas gregas que eram montadas em cima de cabeças de monstros da cultura asteca. Corredores dourados, tapetes vermelhos, desenhos e altos-relevos representando uma infinidade de motivos supostamente astecas. Era de uma época em que o cinema mexicano, com seus dramalhões, fez um enorme sucesso pelo mundo através, é claro, de Hollywood.

Existia uma menina entre todas, que só de olhá-la eu ficava tomado por algo que não conseguia definir; se chamava Ângela. Ela sentiu isso, e assim começou a me dominar totalmente com o seu olhar. Era mais velha do que eu, loura, olhos azuis, filha de americanos e sempre dizia esnobando: "Não preciso ler as legendas dos filmes, já nasci falando inglês." Isso humilhava a todos, e aí estava eu incluído.

Várias caminhadas pela rua do Catete eu fazia sozinho, até que um dia encontrei Ângela também sozinha.

— Oi, Luiz, que está fazendo aqui?

— À sua procura — inspiradamente falei.

Riu demais. Depois manteve um sorriso lindo e luminoso que irradiava um total domínio de toda a situação.

— Vamos ao cinema? — perguntou.

Nem respondi, fui caminhando ao seu lado. O cinema Asteca apareceu na nossa frente; entramos para assistir à sessão da tarde. Tremia só com a sua presença, seu perfume, seu vestido, sua forma. A sessão da tarde começou. Era um show de variedades, pequenos curtas, documentários, desenhos animados, e o mais esperado naquele dia: *Os beijos no cinema*. Beijos e mais beijos de vários artistas famosos que não acabavam mais. Ângela pegou minha mão. Gelei. Ela se virou e me beijou de forma interminável. O universo caiu sobre mim. Acabou a sessão, e saímos juntos. Caminhamos sem dar nenhuma palavra, entramos no nosso prédio.

— Você esta proibido de contar isso para alguém — ela disse.

Fiquei mudo.

— Você tá proibido de tudo — repetiu quase gritando.

— Tá bem — falei meio sem voz.

Não sabia mais o que fazer, foram dias torturantes os que vieram. Ângela tinha sumido, não poderia chamá-la no seu apartamento. Tinha, como ela, de fingir que nada havia acontecido. Estava morrendo, achava.

Andava pelos corredores do edifício, subia as inúmeras escadas, parava num dos jardins internos; uma procura interminável. Sofrimento. De repente, aquele sorriso.

— Vem aqui — me chamou.

— Ângela, tô com uma saudade enorme de você.

— Eu sei, vem aqui.

Me guiou até o elevador, me empurrou para dentro, apertou um andar qualquer, o elevador subiu, e ela desligou a emergência e a luz. O elevador ficou congelado como eu, entre um andar e outro. Ângela me agarrou, me beijou e pegou no meu pau. Enlouqueci, gozei, e ela riu um riso silencioso e apertado para que ninguém escutasse.

Novamente a tortura, a proibição de contar e agora a de procurá-la. Tinha que ir embora, minhas férias estavam acabando, era tudo uma loucura. O que estava acontecendo? Estava sem chão. Onde estava Ângela?

— Ei, Luiz, vamos ao cinema — outra vez na minha frente.

Mais uma vez nem respondi, só fui. Comecei a achar que ela estava contente comigo, pois eu tinha segurado tudo; me sentia ótimo.

— Ângela, vou embora na semana que vem — disse.

— Então vamos ao cinema amanhã, depois e depois, tá bem?

— Claro.

Cinema Asteca de novo e outro agarra. Enfiava a mão pela calcinha e pegava na sua xoxota toda molhada. Ângela ia ficando cada vez mais escorregada na cadeira, e quanto mais prazer tinha, mais perto do chão seu corpo chegava. Ficamos uma vez deitados juntos entre as cadeiras, ela abriu sua blusa e a minha, encostamos o corpo um no outro. Nos masturbávamos todos os dias, era maravilhoso.

As sessões da tarde continuaram enquanto estive de férias na praia do Flamengo. Fiquei com Ângela todos os dias, sempre escondido, pois esse era seu desejo. Ela tinha parado de me torturar.

— Você é muito garoto pra nos verem juntos. Desgarra, fica mais longe — falava quando caminhava na rua comigo. Entendia tudo, e ela ficava feliz.

O cinema é a ilusão a 24 quadros por segundo. Esta frase comum é uma outra história, mas a sala de projeção do Cinema Asteca na rua do Catete era demais; não existe mais.

Ângela, eu não sei.

10

As pessoas não morrem, desaparecem, deixam de estar do seu lado, ficam fora do seu alcance; simplesmente você não mais as vê

Frans desenhava maravilhosamente bem. Talvez tenha sido o melhor desenhista da nossa geração de artistas. Foi certamente o primeiro artista brasileiro a colocar a homossexualidade de maneira explícita em sua obra. Desde que chegou ao Rio de Janeiro vindo do interior de Minas, todos se encantavam com esses desenhos, sua coragem, sua energia. Era louro e forçava ainda mais a cor dos cabelos com água oxigenada e sol. Pensava em se mudar para Nova Iorque e viver lá para sempre.

Frans era ótimo amigo, saíamos juntos com Kátia, Carla, Paulo e tantos outros pelas noites do Rio. Bebíamos, brincávamos e nos drogávamos levemente. Tínhamos também como companhia, Branca e Caveirinha, ela nova-iorquina e ele um brasileiro bem carioca, que, pela aparência tresloucada, jamais conseguiu um visto pros Estados Unidos. Branca um dia se cansou daqui, do Caveirinha, e foi embora. Frans aproveitou o caminho e foi morar lá com ela.

Frans já estava instalado em sua própria casa quando o visitei em NY. Lá ele se sentia livre e me falava: "Aqui posso ser gay sem me importar com a reação que isso possa produzir; sou feliz." Ponderava com ele pela sua volta, pois não podíamos ficar longe do amigo e muito menos do seu talento. Frans me dizia: "Não consigo expor em lugar nenhum meu trabalho, existe uma grande censura em torno dele, somente alguns colecionadores o compram e assim mesmo o escondem, talvez um dia, quem sabe."

Somos assim, verdadeiros como nuvens; quando desviamos o olhar delas, nunca mais as vemos iguais, estão sempre diferentes ao encará-las novamente.

Com o tempo Frans mudou. Falava de forma diferente, criou um sotaque próprio e começou a trabalhar numa galeria como monitor atendente. Aprendeu como nunca sobre arte americana, não só com aquela que vemos nos livros, mas também a do submundo.

Perseguia Andy Warhol. É claro que este artista não era mais de nenhum submundo. Mas Frans ia a todos os seus lançamentos e conseguia sempre uma quantidade bem grande de livros e catálogos assinados e com algum croqui desse artista. Depois os enviava para galerias brasileiras, que os comercializavam. Conseguia mais algum dinheiro assim. Exímio desenhista, gostava de falsificar artistas modernistas, tinha planos para isso.

Frans me enviava inúmeras fotografias suas. Sempre elegante, de terno, com capas, com diferentes chapéus; e sempre a dedicatória: "I love you." Ele gostava das pessoas.

Frans se tornou cidadão americano. Comprou um caminhão e criou uma equipe de montagem de exposições. Conheceu um Hells Angels, se apaixonou por ele e descobriu a heroína com músicos ligados a esse novo amor. Começou a se drogar pesado.

Dimensões por trás das sombras. Não conseguimos defini-las, somente vislumbrá-las.

Frans desapareceu um dia para ser encontrado em um hospital de NY. Tinha perdido tudo. Só lhe restava um fiapo de vida.

Tempo nunca mensurado, tempo perdido, e a existência ali pedindo sua atenção.

Frans quase recuperado, saiu do hospital num Natal, com a permissão de visitar a casa de uns amigos. Nunca chegou lá.

11

A história da arte

Cada corredor possui diversas portas
Cada porta dá para um quarto
Cada quarto se comunica com outro
Cada outro é ele mesmo sem fim
Cada fim recria seu próprio começo
Cada começo traz consigo a esperança
Cada esperança em si é a ilusão
Cada ilusão é a próxima mentira
Cada mentira cria uma realidade
Cada realidade some como poeira
Cada poeira é um grão
Cada grão é soprado pelo vento
Cada vento vem de um lugar
Cada lugar ocupa um espaço
Cada espaço é sua própria ocupação
Cada ocupação delimita um tempo
Cada tempo provoca uma espera
Cada espera procura uma solução
Cada solução não é nada em si mesma
Cada corredor possui diversas portas

12

O mar batendo nas rochas, e eu bêbado, apoiado em alguém também bêbado. Era só isso que eu fazia numa cidade praiana do Espírito Santo: beber

Não consigo entender como a falta total de razão para a vida era na realidade toda a fonte da felicidade que me envolvia. Só queria ficar bêbado todas as noites, amanhecer e encontrar na praia todos os amigos que tinham bebido comigo na noite anterior.

Às vezes bolava alguns planos. Pensava em produzir nas pessoas o sentimento do absurdo do vazio, pensamentos sem análises, sem questões entre o bem e o mal. Com isso, queria superar em mim mesmo todos os meus sentimentos; só a sensação de vazio me interessava.

Uma manhã bem cedo, voltando para casa depois de uma noite de muito álcool, um dos meus mirabolantes planos sobre o vazio pôde ser executado. Passava pela casa de uma vizinha, mulher de meia-idade, bonita, sempre bem-arrumada, que toda manhã cuidava do jardim. O terreno de sua casa era grande e esta ficava bem afastada do portão de entrada.

Me aproximei, abri o portão e entrei.

— Minha senhora — gritei —, olha um cavalo comendo sua bananeira.

Ela olhou para mim, e correndo em minha direção com um robe de cetim azul esvoaçante, começou também a gritar:

— Toca o cavalo menino, toca o cavalo...

Parou de repente, entre sua casa e o portão, pôs as mãos na cabeça e ficou congelada. É claro, pois não havia cavalo algum e muito menos uma bananeira. A surpresa do vazio e do absurdo total tinha se abatido sobre ela. Virei as costas e fui embora.

Continuei a beber, não sei como não virei alcoólatra.

Realizei outros planos e outras investidas sobre o que me interessava: a ideia do vazio, do nada, sempre remetido para a falta total de razão para a vida.

Continuava me sentindo bem com isso.

13

Manhãs

Manhãs claras pelas ruas de uma cidade. Caminhando pela linha de um meio-fio de uma via principal. Todas as transversais fechadas por algum evento incompreensível. Manhãs nubladas com chuvas torrenciais. Você tentando arrumar a sala para aquele almoço programado com seus amigos. Hoje é domingo de chuva. Manhãs em Marte, sem ninguém, só areia vermelha e o ruído dos redemoinhos de vento — tudo deserto.

14

A espera do impossível

A Nilton Bravo

Na maioria das vezes estamos ali dentro daquele pé-sujo. A cerveja e a cachaça fazem parte do nosso cotidiano, mas não se esqueçam dos sonhos, pois eles estão presentes também.

As luzes fracas do bar iluminam um mural empoeirado numa das paredes laterais. Ali está retratado um lago com uma casa de sapê na sua margem e um barco a remo atracado num ancoradouro na frente dessa casa. Lá no plano de fundo da pintura, e já com a tinta esmaecida, o lago se transforma num rio, fazendo uma sinuosa curva. A chaminé da casa de sapê solta uma fumaça. Imaginamos que dentro dela tem alguém cozinhando.

Ficamos todos naquele lugar, bebendo e olhando, esperando que um dia alguém venha até a porta da casa de sapê, saia andando, entre no barco, e suma remando na sinuosa curva do rio.

15

O universo das coisas inanimadas foi feito para surpreender a todos os que se atrevem a enfrentá-lo

Tinha um carro, um Monza de cor vinho, maravilhoso. Eu percorria as ruas da cidade flutuando, voando dentro dele, o usava sem parar, para o meu prazer e trabalho de fotografar a cidade, até que um dia,

CRASH CRULL CREW, quebrou.

— Leve ele pra minha oficina — disse o Joaquim, dono de uma mecânica de fundo de quintal no Cosme Velho.

Conhecia o Joaquim de um botequim que eu frequentava na época. Simpático, gordo, não muito confiável, ele era conhecido como Homem Buraco. Era assim mesmo que era conhecido e mantinha a fama, pois sempre que pegava um conserto grande num carro, pedia um adiantamento para terminar o primeiro da fila que estava devendo entregar. Vários carros ficavam parados na sua oficina, cheia de poeira e pessoas. Essas pessoas ou eram os fregueses proprietários dos carros reclamando a entrega ou os mecânicos e lanterneiros funcionários da oficina que enrolavam mais do que trabalhavam. E o "buraco" entre o carro que chegava e o que saía sempre aumentava, o que fazia jus a seu título: "Homem Buraco". Só não gostava que o chamassem assim, pois o sentido ambíguo feito para sacaneá-lo o deixava desgostoso. Mesmo com todo um comportamento pouco ético, Joaquim mantinha uma grande freguesia, vá entender por quê.

Então levei o meu Monza rebocado para lá.

— Ô Joaquim você não vai me enrolar — disse.

— Imagina, Luiz! É só você me dar cinquenta por cento do conserto que te entrego tudo pronto em uma semana.

— Não, só dou vinte e cinco.

— Tá bom, fechado.

Eu sabia que o carro tinha quebrado o comando de válvulas. O motor teria que ser retificado, e além do mais eu queria consertar uns amassados, ou seja, uma tarefa dura de enfrentar na oficina do Homem Buraco.

Tinha o Badejo, o Niterói, o Marroquino e o Creolina, entre outros mecânicos e lanterneiros, mas os quatro eram do time principal da oficina. Fiz questão de documentar toda a operação do meu carro em fotografias.

O carro começou a ser desmontado e preparado pro conserto mecânico e de lataria. Não tinha um lugar muito apropriado para o veículo ficar, a não ser ao relento.

— Luiz, tô chamando um cara que vai fazer um prolongamento do telhado, aí seu carro vai ficar bem protegido — disse o Joaquim.

— Isso vai demorar anos — retruquei.

— Que nada, o cara é bom mesmo e vai fazer tudo em cinco dias.

Impossível — pensei.

— Joaquim, toca o serviço do meu carro aí mesmo ao ar livre, se chover cobre com um plástico.

Mas não adiantou. O cara chegou e começou a obra por entre vários carros. O meu estava um pouco mais afastado, mas fazia parte da confusão visual que era a oficina.

Havia umas panelas novas e embrulhadas em plástico transparente num dos cantos, onde ficava a solda de acetileno. Aquilo me chamava a atenção, mas eu não perguntava nada sobre nada, só comparecia lá pra obrigar a turma a trabalhar; e é claro, documentar tudo com minhas fotos.

Um dia apareceu um homem negro vestindo um terno indescritível. Só de vê-lo você já pensava que alguma coisa estranha iria acontecer. Ele trazia uma sacola de um plástico cor prata brilhante com um símbolo desconhecido gravado nas laterais dela; pude notar que era o símbolo que também estava gravado nas panelas. Chegou, desembrulhou o pacote e começou a colocar aquelas panelas dentro da sacola brilhante. Ninguém falava nada, nem olhava pro homem. Foi aí que ele me sacou e se aproximou de mim.

— Boa-tarde meu jovem — disse o homem

— Boa-tarde.

— Estou fazendo uma publicidade de uma loja que irá abrir no Shopping da Gávea. É uma loja bem interessante, onde você compra um produto de cozinha e leva dois. Por exemplo, esta panela. Você tem um fogão na sua casa, não tem?

— Claro que tenho.

— Pois é, então pegue esta panela e leve pra você, é de graça, é da publicidade.

— Obrigado — disse, pegando a panela.

— Você usa o forno do fogão, não usa?

— Claro que uso, forno é pra ser usado.

— Então leve este tabuleiro de assar; também é de graça, é da publicidade.

Peguei o tabuleiro e fiquei com as mãos cheias.

— Agora está vendo esta frigideira? Ela é fortíssima, vou te mostrar.

Colocou a frigideira no chão e pisou em cima.

— Está vendo, não amassa.

— Sim, e daí?

— Olhe bem a vantagem: você tem uma panela e um tabuleiro e a frigideira é só trinta pratas, vamos lá, é a promoção da loja, você compra um produto e leva dois de graça.

— Trinta pratas é demais — falei.

— Vamos fazer o seguinte: você tem três produtos e só vai pagar um terço deles, me dê dez pratas e fique com tudo, olhe só, mais vantagem é impossível, só um terço pelo valor de três produtos, se você pagasse um e levasse três como será a promoção da loja, tudo seria muito mais caro, porém por dez você leva tudo, é da promoção, mas só aqui, porque depois você terá de pagar trinta pra ter tudo, e além do mais nenhum produto terá a durabilidade destes, então se você pensar no aumento das coisas você só tem mais vantagem, pois daqui a um ano você estará com o produto e não haverá como comprá-lo somente por dez, e quando passarem três anos serão três produtos pelo preço de quase nada.

Dei os dez, não sei se pra me ver livre do cara ou se fui enrolado mesmo; acho que as duas coisas. Aí entendi por que todos na oficina procuravam ignorá-lo. É que, com o seu talento, seria capaz de vender tudo pra qualquer um. Quanto às panelas, de péssima qualidade, o Joaquim tinha uma comissão por guardá-las. Descobri isso depois.

A obra do prolongamento do telhado da oficina continuava. O cara que realizava o trabalho logo ganhou o apelido de "engenheiro". Montei minha câmera fotográfica num tripé e marquei sua posição no chão. Sempre que fotografava dia após dia, era como realizar um filme quadro a quadro.

— Não vai dar certo — comentava o Badejo. Ele era o montador da oficina, aquele que finaliza o conserto do carro quando este é montado. Badejo também me parecia o mais observador, aliás, o chamavam assim por estar sempre de olho aberto e cara de triste como um peixe.

— Ô Badejo, pare de dar azar — falava o Joaquim.

— É claro que não vai dar certo, o "engenheiro" nem fez fundação alguma.

— Porra, é só um telhadinho de nada.

— Pense bem ô Joaquim, se o cara não fez a base vai ter que criar algumas asas pro telhado pra ele ficar lá no alto.

— Já falei com ele, e ele me disse que vai fazer umas colunas bem fortes.

— Tô com Badejo — falei, e continuei fotografando a obra do "engenheiro".

Tudo virou uma aposta, se o telhado ia ou não dar certo, e a essa altura já compreendia totalmente o funcionamento da oficina. Minha câmera fotográfica virou um foco de atenção; até as apostas aconteciam na frente dela.

— Olha o Niterói apostando, faz a foto, vigia ele — alguém falou. O Niterói era o mecânico principal da oficina e aquele que comandava e ficava com a grana da aposta e anotava tudo; no final do dia prestava conta a todos.

A aposta funcionava assim: Você tinha opções a escolher — 1ª o telhado vai ficar em pé; 2ª o telhado vai cair; 3ª a estrutura do telhado vai cair antes de serem colocadas as telhas; 4ª o "engenheiro" não vai conseguir terminar nada; e 5ª o "engenheiro" vai se mandar com o adiantamento que o Joaquim já deu.

O dinheiro apostado tinha de ser coberto pelo outro apostador, por exemplo, se você apostasse dez pratas quem tivesse apostado menos tinha que cobrir a aposta para continuar nela, ou seja, se o outro tivesse apostado cinco pratas teria que dar mais cinco pra continuar. Se você apostasse na 1ª opção, não poderia apostar em mais nenhuma, mas se você apostasse na 2ª, você poderia apostar também nas outras, menos na 1ª.

O "engenheiro" continuava trabalhando no telhado, com um sorriso irônico na cara, como se todos fossem uma cambada de ignorantes. Ele mesmo apostou, e apostou alto como tudo ia dar certo. Todo mundo teve que cobrir sua aposta. A grana já tava alta. E mais, somente ele e o Joaquim apostaram na 1ª opção.

O meu carro continuava na mesma, mas eu não dava mais nenhum adiantamento pra ele ficar pronto. Volta e meia o Niterói dava uma enrolada, o Badejo mexia em alguma coisa e o Marroquino falava: " Tô esperando pra dar a pintura." O Marroquino era o pintor, e o Creolina, que era lanterneiro, ficava aguardando a ordem do Joaquim; como o Joaquim não falava nada, o carro continuava desmontado. Resolvi não me estressar e fui deixando o tempo passar fotografando a oficina e aguardando o final da aposta. Achava que o Joaquim, esperando ganhar, estava deixando meu carro pra terminar depois que recebesse a grana.

Quase duas semanas depois do meu carro ser desmontado, e depois de várias apostas com a participação de todos os funcionários da oficina e de vários clientes e frequentadores do botequim aonde todos iam almoçar e tomar umas cervejas, apareceu na oficina um PM com o carro amassado. Esse PM já tinha estado por lá algumas vezes. Na realidade, ele ajudava o Joaquim a segurar a onda das irregularidades da oficina; mas o amassado era muito estranho, meio abaulado e sujo de sangue.

— Joaquim, tô precisando da sua ajuda e rápido — escutei o PM falando

— Que qui é meu amigo? — perguntou o Joaquim

Eu só escutava um diálogo meio sussurrado.

— Amassei meu carro quando descia do Cerro Corá. Fui lá acertar umas contas, e aí um traficantezinho de merda quis barrar minha descida, me apontou um fuzil e me mandou parar, mas deu bobeira, olhou pro lado e aí acelerei com tudo, peguei ele em cheio, e aí o filho da puta amassou meu carro e ficou estendido no chão, e tô aqui precisando apagar as evidências.

— Faz o seguinte: leve o carro lá pro fundo que eu vou cobrir com uma lona. Vou mandar o Creolina e o

Marroquino dar uma virada na noite; daqui dois dias você tá com o carro novinho.

Achei que era demais pra mim, precisava tirar meu carro da oficina do "Homem Buraco". Onde tem rolo de polícia tô fora — pensei.

Já tinha muitas fotos que poderiam ser usadas no meu trabalho. Não podia reclamar de nada, pois havia duas semanas eu estava ali quase todos os dias vivenciando uma loucura sem fim e ainda poderia ganhar a aposta, mas meu carro eu ia rebocar de qualquer maneira pra outro lugar, já tinha decidido.

Na manhã seguinte fui comunicar a minha decisão ao Joaquim.

— Ô Joaquim, vou rebocar meu carro pra oficina do Paulinho, não dá mais pé de ficar aqui. Quero o que já te adiantei de volta.

— Luiz, tudo bem, mas deixa pra manhã, pois tenho que fazer uma enorme manobra pra tirar seu carro de onde ele está, e além do mais, nós vamos fazer um churrasco da festa da cumeeira, vem participar. Você não viu que o "engenheiro" tá acabando o telhado? Vou ganhar a aposta, te devolvo o dinheiro e ainda pago o reboque. Fica aí, faz umas fotos e come com a gente que o churrasco não é de gato não, é carne de primeira.

Fiquei lá. O Joaquim tinha improvisado uma churrasqueira debaixo do telhado do "engenheiro". Havia um clima de festa, mas também de gozação pela aposta que estava chegando ao fim com a vitória de quem apostou no triunfo da empreitada, ou seja, somente o Joaquim e o "engenheiro".

Todas as coisas ganham em importância se forem vivenciadas direito, basta um bom observador.

O Badejo olhou o telhado e disse: "Ainda não terminou." E o Joaquim colocou uma música altíssima e distorcida pela baixa qualidade das caixas de som.

— Olha o "concerto" do chefe do "conserto" — falou o Creolina, sacaneando o Joaquim.

Trouxeram a carne, e Marroquino e Creolina começaram a colocá-la nos espetos. Apareceram logo umas cervejas, e o Niterói ficou segurando o cofre das apostas. O "engenheiro" arrematava o telhado, seus auxiliares eram só sorrisos. Vários clientes da oficina que estavam lá permaneceram pra festa. A oficina aumentou em muito sua confusão visual, o trabalho estava parado.

Fotografo tudo, fica tudo registrado — pensei.

A festa ganhou força, o "engenheiro" desceu da escada e gritou: "Tragam a cerveja e a grana que hoje vou me dar bem." Niterói meio cabisbaixo trouxe o cofre e colocou no meio das pessoas, e todos começaram a cumprimentar os realizadores da obra, menos o Badejo que ficou a distância só olhando. De repente um estalo, e mais outro, a algazarra parou. O telhado começou a torcer lentamente, e como em câmara lenta foi se desequilibrando pro lado. Todos começaram a correr; a gritaria foi total:

— FOGE, FOGE, CORRE, CORRE... — E aí o barulho POW. O telhado caiu por inteiro em cima de muitos carros e da churrasqueira. O fogo começou a se alastrar. Uma lata de gasolina explodiu. Eu já estava longe quando vi as chamas e o estrondo.

— Não falei! — disse o Badejo.

— Filho da puta, você deu azar o tempo todo — falou o "engenheiro", se atracando com o Badejo. A porrada comeu solta entre os dois e ninguém separou.

Os bombeiros chegaram. Alguém de bom senso os tinha chamado.

Fiquei olhando e fotografando a oficina ser consumida pelas chamas. Os bombeiros só conseguiram isolar o fogo, não deixando que as casas vizinhas fossem atingidas. A essa altura o "engenheiro" já tinha fugido, e o Joaquim também sumiu junto com os funcionários. Vários fregueses da oficina ficaram por ali desolados com a perda dos seus carros. O PM chegou e ficou louco, assim como também o dono das panelas. Todos ali sem saber o que fazer, parados e olhando, e só o ruído final do fogo e a cor da fumaça estavam verdadeiramente presentes. Tudo ficou calcinado, e o dinheiro da aposta ninguém mais viu.

Meu prejuízo foi bem menor que o dos outros, pois tinha um seguro de perda total do veículo que usei para comprar outro carro, um Fusca, que, como o Monza, continuava servindo ao meu propósito de circular pela cidade e continuar a observá-la e fotografá-la.

Com o meu novo carro, comecei a realizar uma pesquisa fotográfica sobre os bares, botequins e biroscas do Rio; da Zona Sul a Santa Cruz. Sobre este tema publiquei o livro *Bares cariocas*; mas as fotos da oficina do "Homem Buraco" continuam inéditas.

Quanto ao Joaquim, nunca mais teve uma oficina. Se tornou vendedor de autopeças de procedência duvidosa, mantendo assim o seu estilo.

16

Quem lida com o imaginário acaba acertando no futuro

O avião era um Constellation, tope de linha da Panair, e esta um tope de linha entre as empresas aéreas brasileiras na época, que, assim como a Varig, também acabou, pois se tornou um modelo antiquado de empreendimento.

O voo seria entre Rio e Brasília. Eu, meu pai, minha mãe, minha irmã, menos meu irmão, que tinha ido um dia antes, e mais todos os passageiros. Tudo parecia perfeito: avião grande de quatro motores, céu cheio de estrelas entre as duas cidades.

Entrei e sentei num lugar na janela. Dali podia ver o funcionamento dos flapes que, apesar de ser noite, podiam ser vistos na contraluz dos faróis das asas. Adorava voar, as alturas sempre me fascinaram.

O avião ligou os motores, taxiou, correu pela pista, o ronco da potência da máquina nos levou. Tudo ótimo, luzes embaixo, estrelas em cima. Voávamos tão tranquilamente que parecíamos estar ainda presos ao chão, tal a firmeza do voo.

Comida, um filme, tudo calculado para chegarmos ao destino felizes e confortáveis.

— Passageiros, coloquem o cinto de segurança e permaneçam em seus lugares. Dentro de dez minutos estaremos pousando no Aeroporto Internacional de Brasília. A Panair agradece a preferência, esperando vê-los em breve novamente — disse o comandante da aeronave.

Aí o ESTRONDO.

O avião balançou, virou para a direita e despencou.

Pude ver os flapes da asa baterem pra cima e pra baixo como se estivessem totalmente soltos. Um terrível ruído de pancadas tomou conta de tudo; barulho infernal. Finalmente um dos flapes se soltou e o avião conseguiu manter algum equilíbrio. Mesmo assim só conseguíamos ficar presos nos nossos assentos pelo cinto de segurança, pois o avião jogava violentamente para todos os lados em movimentos curtos e contínuos.

Estou totalmente morto, estou voando dentro de um mundo estranho, nada pode acontecer além disso — pensei.

Para mim havia um silêncio em tudo.

Chamas saíam dos motores, o avião parecia agonizar.

— Abaixem a cabeça e abracem as pernas! — gritava o comandante pelo microfone. Quase não conseguia escutá-lo.

Todo o avião era ruído, e todos gritavam. E o silêncio em mim.

Escutei nomes de santos e rezas de enorme energia.

— Rezem todos o Ato de Contrição — escutava como se fosse ao longe a voz de minha mãe.

Permaneci em um voo independente, o perigo agora não poderia me perturbar. Continuava vivendo aquele enorme silêncio, como se nada ali pudesse ser evitado; iria acontecer tudo o que já estava escrito.

Tanto barulho, mas e este silêncio? Seria assim um voo sem fim? — pensava.

As luzes de Brasília apareceram no horizonte, o cerrado começou a ser iluminado pelos faróis do avião, estávamos muito baixo e continuávamos cada vez mais perto do chão. Éramos todos nós lá dentro daquela máquina e nada mais no mundo.

É a sintonia do delírio, vamos pousar — pensei.

Um primeiro tranco, depois tudo às escuras, sem motor, outro tranco e mais outro. Começamos a correr pela pista, cavalo de pau, a asa raspando no chão, paramos. Bombeiros, holofotes, ambulâncias; estávamos inteiros.

Correndo com todos pela pista iluminada por dezenas de faróis, meu pai estendeu os braços numa espécie de catarse e gritou:

— Hoje aprendi tantos nomes de santos que o caminho do céu ficou mais fácil.

17

Contundidos pela vida, nós, jogadores, sorrimos

A zona do baixo meretrício em Brasília ficava dentro de Goiás, a 100 metros da divisa com o Distrito Federal. Era, na realidade, uma cidade construída no molde dos antigos acampamentos de funcionários e operários candangos, construtores da Nova Capital. Como estava proibido "zona" dentro do Distrito Federal, todos os cafetões, travestis, veados e putas viviam nessa cidade denominada ZBM.

Nós, eu e minha turma de amigos, gostávamos de ir até lá nos fins de semana. Era bem divertido, não só trepar, como também beber e dançar músicas românticas com as "meninas". De vez em quando, um tiroteio à la faroeste acontecia nas ruas por entre as casas. Todos se escondiam, e depois era só esperar tudo acabar para tocar a noite pra frente.

Nessa época eu tinha uma van de três bancos. Meus amigos já ficavam na espreita pra conseguir um lugar nela rumo à ZBM. Assim, todos juntos, a diversão era melhor.

Num desses fins de semana, conheci uma "menina" verdadeiramente bonita, de bom papo e ainda sem cafetão. Era uma jovem recém-chegada do interior de Minas e estava, como muitas outras putas, só pagando aluguel para permanecer por lá. Durante um tempo ainda poderia ser independente, antes de ter um dono. Ela se chamava Ana.

Algumas semanas depois:

— Luiz, gostei tanto de você — disse Ana.

— Gostei de você também, Ana.

— Eu sei que você vem quase todo fim de semana por aqui, então queria sempre trepar com você, e não quero nenhum dinheiro seu.

— Ana, sou estudante da Universidade, estou aqui pra brincar, e você tá com um papo muito sério pra cima de mim.

— É verdade, já fiquei muito com você e sempre gostei. Por que você não vira meu cafetão?

— Olha, Ana, isso é uma história complicada. Como é que posso virar seu cafetão se nem conheço as regras daqui do lugar. Não tô a fim de me dar mal, tomar um tiro ou ganhar muita porrada.

— Não tem nada disso, não tem perigo nenhum. O caso é o seguinte: você aluga um apê aqui na ZBM e me bota lá pra morar; posso levar ainda uma amiga, e aí a gente ganha uns clientes e você controla a grana e toma conta de mim.

— Ô Ana, por que você tá me propondo isso?

— Por amor.

Puta que pariu, acabou a ZBM pra mim — pensei.

Fui embora, não queria confusão. Fiquei longe da ZBM bastante tempo, até que o telefone tocou.

— Alô, Luiz, é Ana.

— Quem te deu meu telefone?

— O Cleber, teu amigo. Vem até aqui, por favor.

— Tá legal, eu vou.

Estava lá na ZBM outra vez, só que agora sozinho e era dia claro. Ana se surpreendeu e correu pra se arrumar e ficar bonita; não precisava, ela era bonita de qualquer jeito. Tinha sentido a falta dela. Trepamos nessa tarde, e aí ela me disse:

— Te amo.

— Eu também — escapou, respondi.

— Luiz, queria conhecer Brasília: a Praça dos Três Poderes, o Palácio da Alvorada, tudo lá no Plano Piloto. Desde que vim pra cá nunca saí deste lugar. Me leva?

Pronto, estava eu com Ana dentro da minha van passeando por Brasília.

— Que cidade linda — ela falava. — Luiz, me leva pra jantar num restaurante bem bacana? Eu pago.

Nesse dia fiquei passeando com Ana até o final da tarde. O sol se punha por trás da torre, e ela maravilhada ficava ainda mais bonita com a luz vermelha do poente no seu rosto. Fomos jantar no Beirute, um bar-restaurante badalado de Brasília. Lá encontrei vários amigos, a alguns apresentei Ana, outros já a conheciam. Tarde da noite fui levá-la de volta a ZBM. Fiquei por lá até o dia seguinte.

Ana me telefonava sempre; queria de qualquer forma que eu me tornasse seu cafetão. Me dava uma pressão e depois parava. Assim, com essa tática, ela pensava em conseguir o que queria. Eu gostava de comê-la, e de sua companhia, e de vez em quando a trazia pra passear no Plano Piloto. Muitas vezes meu carro vinha cheio de "meninas" da ZBM, todas amigas de Ana, que se encantavam com a cidade e também me metiam pressão:

— Ô Luiz, fica com Ana, ela é apaixonada por você, e além do mais está sem dono — diziam.

Gostava de Ana, mas aquela realidade era um sonho. Para mim não era real.

Viajei para o Rio de Janeiro, cidade de onde eu tinha saído pra viver um tempo em Brasília. No Rio eu sempre passava o verão, o inverno, os feriados; era a cidade que sabia do meu retorno um dia, assim que fosse possível, logo que terminasse meus estudos na Universidade de Brasília.

No Rio de Janeiro, dessa vez, permaneci quatro meses antes da minha volta pra Nova Capital. Foi muito tempo para minha putinha Ana.

De volta, senti o silêncio.

Vou até a ZBM — pensei.

Fui e encontrei Ana. Estava mudada, muito maquiada e triste. Olhei bem nos seus olhos e vi, além de lágrimas, o disfarce azul da sombra que encobria o roxo da porrada que tinha levado na cara. Pois é..., ela finalmente tinha conseguido encontrar um cafetão.

18

Assim fui vivendo. Não li o que estava escrito, só vi o que estava escrito.

Quase adulto

"Luiz dá sorte com mulher, e além do mais sempre foi o que mais fodeu mulheres entre nós" — falava meu amigo Alfredo para que todos os nossos amigos escutassem.

Essa fama me acompanhava não sei por quê. Tive muitas namoradas, eu sei, mas nada de excepcional, a não ser o fato de ser sempre muito ligado a elas, pois quando estava gostando e me relacionando, eram tudo para mim. Nessa época meus amigos gostavam de relações mais efêmeras do que eu e raramente tinham alguma namorada ou amiga. Talvez por isso, por eu ter sempre uma mulher do lado e também gostar das amizades femininas, mantinha a fama de picão. É claro que meu lado efêmero das relações eram as putas, mas estas eu também adorava, e muitas vezes também, na ausência de uma namorada, estava com elas do meu lado, pelas ruas, pelos bares.

"Você é um homem feminino, são homens assim que são verdadeiramente os heterossexuais" — me falavam as mulheres mais velhas. Mal sabiam elas que para eu ter essa certeza, tinha tentado uma experiência homossexual, claro que para a frustração do meu par, que era um amigo gay e nunca me perdoou pela minha brochada. Achei tudo muito esquisito, corpo duro, cheiro estranho e a bunda de um homem sem sentido pra mim; não dava pra ter tesão naquilo. Mas apesar disso, apesar da diferença, essa experiência me deixou mais perto para compreender os gays, as suas existências, os seus sentimentos.

Quando ainda era muito jovem, fiz uma cirurgia no pau, um pouco diferente das cirurgias comuns nos adolescentes. Meu pai falou: "Ficou ótimo." Lembro que sofri um bocado, e o que mais me chateou foi ficar com uma cicatriz na barriga em função de uma sonda e três semanas sem tocar nenhuma punheta. Fora isso, consegui me iniciar muito cedo no mundo do sexo. As putas sempre foram para mim um bálsamo, sempre fui muito bem tratado por elas, acho que por reciprocidade, pois sempre as tive na mais alta conta.

Uma vez estávamos eu e mais outros numa casa de uns amigos que eram irmãos. Seus pais tinham viajado, e então resolveram dar uma festa ali. Eu, pela pouca idade, achava que tudo ia sempre bem, e que nada de mau poderia acontecer comigo e nem com os outros. Bebemos bastante neste dia e chamamos algumas putas pra fazer parte da reunião. Elas chegaram, e lá pelas tantas nós começamos a fodê-las. Uma delas se ligou em mim e começou a me chamar do menino do "pau diferente". Nós éramos em numero maior que as mulheres, então todas elas teriam que foder com mais de um. Mas a puta que se ligou em mim não queria saber de mais ninguém, fiquei na minha. Todos começaram a chiar e então ela resolveu dar pra um dos irmãos donos da casa. Pronto, começou a cagada. Depois de foder, e como ela também já tinha bebido bastante, falou: "Eu sabia que você era um merda, quero que o menino do pau diferente me foda outra vez." Aí o cara não teve dúvida, deu uma porrada de mão fechada na boca da mulher. Olhei praquilo, e uma revolta tomou conta de mim. Parti pra cima dele com tudo; nos atracamos e caímos em cima de uma mesa de centro. Não sou forte, mas ele não era páreo pra mim; quebramos a mesa ao meio. O barulho foi tão grande que chamou a atenção dos vizinhos. A campainha do apê tocou, e assim tivemos que parar a briga, pois do lado de fora começaram a gritar que iriam chamar a polícia. Saí da casa junto com as putas; os outros ficaram por lá. Me prometi que nunca teria outra experiência como essa. Pensei então: mulher seria sempre uma pra cada homem ou mais de uma pra cada um. Solucionei minha cabeça e me achei muito mais macho.

Putas durante muito tempo fariam parte da minha vida, intercaladas com minhas pequenas paixões. Mas de repente tive um grande amor, e então abandonei minhas aventuras com elas. Esse meu grande amor foi o primeiro de alguns outros grandes também, mas é claro que eu não poderia prever o futuro, então ali naquele momento, só me interessava por ela — Carmem.

Carmem tinha a sabedoria de me manter preso dentro de um desejo louco. Dava pra mim e depois me levava à loucura. Só dava outra vez quando eu já não tinha como me controlar; ela percebia isso e me dominava com beijos na boca.

— Beijo na boca é muito mais sério do que uma trepada — falava.

Vivíamos uma aventura sem fim. Conseguia ir tocando minha vida, mas totalmente impregnado por Carmem.

Um dia cheguei em sua casa, entrei em seu quarto e a encontrei acabando uma escultura em cera.

— Que é isso, Carmem?

— Seu pau bem duro.

Fazia uma escultura grande e detalhada do meu pau. Só então vi uma caixa forrada de veludo vermelho. Esperei; acabou a escultura, colocou na caixa e a trancou com uma pequena chave, que pendurou na correntinha que usava no pescoço.

— Se alguma mulher na vida me contar como é seu pau, eu vou jogar a chave fora e nunca mais abro a caixa.

Estou perdido, tenho um detalhe que pode me denunciar sempre — pensei.

Senti naquele momento a presença da infidelidade e Carmem estava me alertando para isso.

Carmem foi tirando a roupa, deitou na cama, e estendeu os braços para mim.

19

As mãos podem tocar e transformar. Num lugar, numa casa de praia, vi acontecer as mais incríveis magias

A Dinah Rosália de Souza Papi

Algumas vezes ela saía de casa pela manhã, roupas longas e um chapéu arrancado da imagem de um filme. Caminhava pela areia e pedras até encontrar a praia das Pelotas. Ali colocava uma esteira, água e uma pequena trouxa com comida, dava alguns passos e sentava. Começava então a garimpar conchas, as mais incríveis conchas, e de maneira inacreditável a esteira aos poucos ia se tornando um suporte de pequenos montes coloridos. No meio da tarde, dezenas de pequenos embrulhos de papel de seda contendo as conchas, cada um com um significado, eram colocados numa sacola. Já estava tudo pensado, sentido e iluminado. Assim, caminhava de volta pra casa.

Em casa, ela se banhava, vestia lindas roupas, e um perfume era sentido por todos no ar. Alguns passarinhos apareciam para serem agraciados com alpiste e pedaços de miolo de pão colocados na janela, gatos ronronavam na esperança de algum carinho, pequenos coelhos pulavam de um lado para outro à espreita da sobra de algum pedaço de legume a ser largado no chão, e as lagartixas desciam pelas paredes, pois sabiam que encontrariam pequeninos pedacinhos de carne colados nela, em pagamento pelo trabalho de devorar os insetos que voavam à noite em volta das lâmpadas.

Na casa havia um fogão a lenha; nele, panelas de ferro ferviam água e alimentos. Uma das panelas tinha uma mistura especial, e um cheiro maravilhoso se desprendia dessa mistura.

Num canto, bem colocado, havia uma bancada bem embaixo de uma claraboia. Aí podiam se ver inúmeras ferramentas, linhas coloridas, pequenos frascos de tinta, pincéis e todos os tipos e tons de verniz, todas as conchas garimpadas na praia das Pelotas e ainda um pouco da cheirosa mistura feita no fogão.

Quase sempre seu trabalho começava pela manhã. Sentava em uma cadeira de vime de espaldar bem alto junto à bancada e iniciava ali um dos mais lindos processos de criação. As conchas trazidas da praia começavam a ganhar forma de pequenas esculturas abstratas, multicoloridas, virando bibelôs, broches, brincos, colares e mais alguns objetos sem função específica, a não ser o de expor a mais pura sensibilidade iluminada.

Uma vez, muito tempo antes deste narrado, ela sentiu uma necessidade enorme de criar esses objetos. Tentou, mas não tinha como colá-los, pois a cola e a técnica que usava faziam com que suas esculturas se esparramassem pelo chão ao menor toque das mãos. Era um tempo em que tudo tinha que ser feito, você não encontrava nada pronto ali na esquina, e assim ela não sabia como realizar tais objetos sem um adesivo próprio para isso, porém dormiu e sonhou. Sonhou com seu pai, já há muito tempo morto, e nesse sonho ganhou dele vários ensinamentos. Mas o mais profundo foi de como criar uma cola e nela fixar suas conchas. Acordou e seguiu todas as regras e receitas sonhadas. Construiu uma bancada e realizou a mais incrível mistura, que, uma vez cozida, produzia um forte adesivo e um cheiro que a todos envolvia.

"Luiz", falava ela, "seu bisavô também se chamava Luiz. Ele me ensinou em sonho quase tudo que realizo hoje. Às vezes penso que algum dia, muito distante ainda, quando eu não estiver mais aqui, alguém me sonhe, e aí então eu poderei transmitir tudo o que aprendi a esse que me tiver sonhado."

20

O som de uma voz

O quiosque do cantor fica ali no Posto 12, no Leblon.

O cantor fica ali cantando enquanto corta os cocos e serve os fregueses.

Eu estava lá nessa função de tomar uma água de coco depois de uma caminhada pela manhã, tentando manter a saúde. Acho que tenho conseguido.

— Meu senhor — ela falou bem baixo para o cantor —, onde estou?

— Na praia do Leblon, no Posto 12, no Rio de Janeiro — o cantor sorriu.

Ela era linda, mas teve uma noite difícil, dava pra ver. Tinha o cabelo de um louro falso, meio desgrenhado. Somente um dos brincos estava na furo da orelha direita. Uma blusa frente-única, bustiê, top ou como queira chamar aquela improvisação, cobria seus seios. Nas costas uma tatuagem, uma saia jeans e sandálias de saltos altíssimos.

— Obrigada — respondeu ao cantor. Virou os olhos e depois a cabeça, me encontrou e esboçou um sorriso. Estava realmente mal. Saiu caminhando, tirou as sandálias e desceu para a areia. Alugou uma cadeira e uma barraca de sol, pediu um refrigerante, sentou, abraçou sua bolsa e dormiu. Dentro da bolsa estava seu mundo.

Fiquei muito tempo observando ela a distância. Peguei um guardanapo de papel e um lápis emprestado com o cantor, e escrevi: Mesmo aos pedaços você é linda. Certamente tudo vai ficar melhor.

Deixei o papel escrito bem a seus pés.

— Luiz — disse o cantor no dia seguinte —, sabe aquela menina de programa que passou aqui ontem e não sabia onde tava?

— Sei.

— Pois é, ela depois passou de novo por aqui, já parecia outra, tomou uma água de coco e disse que tinha ganhado um poema. Foi você, não foi?

— Eu não ô cantor, o artista aqui é você.

— "Ela é minha menina / E eu sou o menino dela" — respondeu cantando e cortando mais um coco para outro freguês.

Saí caminhando pela calçada e continuei escutando o cantor que a todos os pulmões continuava a cantar.

— "Ela é o meu amor / E eu sou o amor todinho dela".

Tinha certeza, estava na minha cidade, estava no Rio de Janeiro.

21

Ela não sabe arrumar uma geladeira
Ela deveria ser cantora
Ela deveria ser artista

Aquela filha da puta quebrou a minha travessa favorita, como é que vou servir minha salada? Meus convidados não podem ser mal recebidos — pensava Sulamita.

— Selma, você ainda não acabou de fazer o pato assado — gritou em desespero.

— Calma, madame.

— Não quero que você me chame de madame; isso é deboche.

Ela não vai ter calma nunca; é muito histérica, mal comida e nunca gozou na vida — pensava Selma.

Selma trabalhava na casa de uma *marchande*, minha conhecida, a Sulamita, essa que gritava aí em cima. Era cozinheira, arrumadeira, tomava conta dos filhos da patroa e ainda pagava as contas da casa e da galeria de arte. Pois é, fazia tudo isso.

Naquele dia Sulamita resolveu dar uma reunião para vários artistas, e eu fui convidado; ia ter vinhos, queijos, salada e pato assado ou, mais finamente, um *canard*. É claro que tudo isso sem muito vinho seria intolerável, pois seria aquilo de sempre: artista falando com outros artistas sobre arte ou artistas, numa conversa interminável em que alguém acaba sempre pichado ou próximo da destruição, normalmente aquele que não estiver presente.

A reunião começou já tarde da noite. Seria um daqueles jantares que só começa à uma hora da madrugada, daqueles onde se bebe tanto até a comida ser servida que na hora nem mais se sabe o que se está comendo.

Sulamita gritava sem parar, dando ordens quase como uma possessa pra sua empregada-babá-secretária, até que o álcool começou a acalmá-la.

Selma andava pra lá e pra cá, recolhia as taças e os copos sujos, colocava outros limpos no lugar e arrumava tudo sem parar, entrava e saía da cozinha; num momento entrei lá com ela e me aproximei. Era uma mulata muito bonita de olhos verdes e ainda bem jovem, estava cansada e de saco cheio de servir a todos, e além do mais não ganhava nada mais por isso. Algumas lembranças de algum tempo atrás vieram à minha cabeça. Lembrei que já a tinha visto uma vez na galeria da Sulamita e outra num bar em Botafogo.

— Você é o Luiz, não é? — Selma me perguntou.

— Sou, como você sabe?

— Vi sua foto no jornal e te achei bacana.

— Obrigado, mas bacana aqui é você.

Selma sorriu e continuou trabalhando. Sua patroa, a Sulamita, já estava bêbada e, se não fosse por Selma, o resto da noite estaria destruído.

Todos nós temos algum vício. Alguns bebem, outros se drogam pesado, mas o meu vício são as mulheres que me dizem alguma coisa logo de cara. O resto é o resto. Fiquei fisgado pelo olhar de Selma.

Fui ficando até o final da reunião-festa-jantar, tudo junto, como as pessoas gostam. Selma passava e não disfarçava o sorriso que me dava, mas nem precisava, pois a turma dos presentes nem sequer estava interessada em alguém. Somente a destruição, naquele momento, de algum desafeto era importante.

Este é o encontro dos alucinados desinteressados pela vida — pensava.

Selma desapareceu de repente, a festa já estava chegando ao fim, e todos nós parecíamos uma ruína de suor, álcool e comida. Todos começaram a se despedir, e foi aí que Selma reapareceu triunfante: tinha se banhado, se maquiado e dado um jeito no cabelo, tudo só para acompanhar as visitas até a saída e dar boa-noite, uma vez que sua patroa estava completamente inútil pela bebedeira.

— Boa-noite, Luiz — falou Selma. — Gostaria de poder conversar com você um dia desses, você me pareceu muito confiável.

— Não acredite nisso — falei. — Mas fique com meu telefone e me ligue quando quiser.

Dias depois, estava trabalhando no meu ateliê quando o interfone tocou.

— Oooi — atendi.

— É o Luiz? — uma voz de mulher perguntou.

— Ééé.

— Luiz, aqui é Selma que trabalha com Sulamita.

Fiquei surpreso.

— Sobe um andar de escada que você chega aqui. Abriu?

— Abriu.

Escancarei a porta do ateliê, e Selma entrou toda produzida.

— Como você me descobriu? — perguntei.

— Não quis te ligar, aí peguei seu endereço na mala-direta da galeria da Sulamita.

— Olha, Selma, você pode ficar à vontade, aqui é a casa de um amigo, tá bem?

— Obrigada, Luiz.

Selma sentou, olhou tudo em volta e depois me fixou com seus olhos verdes.

— Luiz — Selma falou —, outro dia, na festa, te olhei e achei que podia confiar em você, por isso tô aqui.

— Confiar como?

— Queria conversar com você, te perguntar algumas coisas. Você é mais velho, mais vivido. Tô precisando tomar uma decisão pra minha vida e não sei com quem falar. Minhas amigas não são lá muito inteligentes, então fica difícil de conversar.

Selma era verdadeiramente esperta, e tinha uma cara de gente boa. Junto disso, era também muito bonita e gostosa. E eu mais uma vez estava desempenhando meu papel de ouvinte de problemas ou de existência de alguém. Não sei por que, mas isso sempre aconteceu comigo.

— Tudo bem, Selma — falei —, vamos conversar.

— Luiz, é o seguinte. Você sabe que trabalho com Sulamita, e isso já tem três anos. Ganho dois salários e não tenho despesas, pois durmo lá na casa dela; dá até pra guardar alguma grana. Mas um mês atrás fui na Help, você sabe, aquela casa de dança em Copacabana que só dá menina de programa. Pois é, estava com duas amigas e uma delas já sabia como fazer.

— Selma — interrompi falando —, tenho umas cervejas. Vamos beber um pouco pra tudo ficar mais leve.

Abri duas cervejas, e Selma continuou falando:

— Então, eu tava lá dançando quando um gringo encostou em mim. Primeiro fiquei meio grilada sem saber muito que fazer. Minha amiga que já conhece tudo ali veio em meu socorro, encostou no gringo e disse que eu era muito cara. Mas o gringo falou que pagaria o que eu pedisse, aí pedi trezentos dólares. O gringo pagou e eu fui com ele pro motel. Foi fácil: o gringo tava meio de porre e só conseguiu dar umazinha.

— Você podia ter pedido mais — falei.

— Não disse que podia confiar em você? Eu sabia! Pois é, desde então já voltei lá na Help algumas vezes e sempre tem um gringo me querendo. Olha, já faturei mil dólares, o que é muito mais do que eu ganho na casa da Sulamita em um mês.

— E a que conclusão você chegou? — perguntei.

— Não cheguei a nenhuma conclusão, por isso tô aqui pra te perguntar se você acha que devo largar tudo e ir pra noite.

— Olha, Selma, não quero sacanear a Sulamita e nem aconselhar sua funcionária a ir embora. Mas você quer saber mesmo? Você tá me procurando não é pra fazer nenhuma pergunta, porque acho que você já tomou a decisão, você tá é com medo, não é?

— Claro que tô, não sei se é fácil ser puta. Uma vez ou outra tudo bem, mas todo dia não sei não.

— Uma vez uma mulher queria que eu fosse seu cafetão, e isso é uma coisa que você não deve ter. Olhe bem, ser puta é uma profissão rendosa, principalmente pra uma mulher bonita como você, mas dura pouco, é igual a jogador de futebol. Por que, pra começar, você não continua na casa da Sulamita e vai à Help de vez em quando?

— Acho que é isso que vou fazer.

Fiquei espantado comigo mesmo, tanta coerência, tanto conselho e estranhamente não comi a Selma. Nem tentei.

Tantas questões e não sabemos responder nenhuma delas, somos assim, seres perdidos nas cidades deste planeta.

Algum tempo se passou até Selma me procurar outra vez, mas dessa vez veio com pensamentos já elaborados, tinha tomado decisões e estava precisando de mim só pra dar um *upgrade* no seu negócio.

— Luiz — falou Selma —, resolvi sair da casa de Sulamita e cair na noite. No começo ainda fiquei um tempo por lá, mas não deu pra segurar, era muito trabalho pra pouca grana. Então tô dividindo um apê em Copacabana com mais três meninas e indo à Help quase toda noite, e tô pensando em me ligar a uma agência, mas pra isso preciso de um book com fotos de corpo nu. Sei que você é fotógrafo além de pintor, e também sei que você poderia fazer um trabalho legal, só que não tenho bala pra pagar teu preço.

— Não tem importância — falei —, faço as fotos e se você gostar a gente vê depois.

Fiz vários filmes de Selma nua, mas incrivelmente não a comi. Estava construindo uma amizade, fiquei achando, e assim me desculpando comigo mesmo.

Preparei o book e fui entregá-lo. Cheguei no apê que ela estava dividindo com as três colegas em Copacabana; toquei a campainha.

— Entre, Luiz, seja bem-vindo, todas aqui são putas como eu — falou girando o braço num gesto de apresentação e rindo. A risadaria foi total. Fiquei descontraído, me sentei em uma poltrona, dei o book pra Selma ver, e aí todas se juntaram à sua volta e começaram a comentar: "Que linda que você está, que espetáculo, também quero ser fotografada, também quero um book desses"...

Fui ficando e conversando, então pude observar o ambiente e seu funcionamento.

O apê era na realidade um grande conjugado. Havia três camas beliches, e em duas elas dormiam, mas a terceira era fechada em baixo por uma cortina. Ali estava um tipo de closet para as roupas serem guardadas sem amassar. Na parte de cima deste closet funcionava um estranho ritual, porém muito prático: as meninas retiravam as roupas dos cabides e as colocavam por sobre o colchão superior. Uma vez selecionada a roupa a ser usada, a menina que ia se vestir subia pra cima do colchão acompanhada de todos os seus bagulhos, formados por colares, pulseiras, brincos e muito mais; aí, sentada em uma ponta do colchão, ela armava sua roupa de cima para baixo, colocando os brincos, os colares, a blusa, a saia e as meias. Como se estivesse usando essas roupas, olhava e se imaginava vestida com elas. Se alguma coisa a desagradasse ela trocava. Só então se vestia de verdade, para depois, já no chão, colocar os sapatos e se maquiar. Sempre uma depois da outra, até que todas ficassem prontas. Depois todas jogavam perfume no ar, para que ficassem, como diziam, perfumadas para gringo.

Tô perfumado, preciso de um banho — pensei.

Fui embora com a missão de fotografar todas um dia.

De todas só fotografei Simone. Uma negra muito bonita de pele aveludada, o que me facilitou em muito iluminá-la. E, também como fiz com Selma não cobrei nada dela: ganhou um book de graça.

Os dias se passaram, e não liguei mais pra esses episódios, somente algumas vezes vinha à minha cabeça a imagem de Selma e suas formas e beleza.

Noites em Copacabana, realidades aqui e ali, todos vivendo loucuras em busca da felicidade e da grana.

Tinha ajudado Selma, que a essa altura já tinha juntado dinheiro suficiente pra morar sozinha, eu achava.

Um dia Selma tocou o interfone novamente. Entrou acompanhada de Simone, aquela sua colega negra que eu tinha fotografado também.

— Passei aqui pra te contar que consegui alugar um apê maior e estou morando só com Simone. Ainda comprei uma casa pra minha mãe em Campo Grande. Quando tô muito estressada vou pra lá descansar.

— Que ótimo.

— Vou te deixar o endereço do apê, e vamos te pagar pelas fotos, eu e Simone.

— Selma — falei —, não precisa pagar.

— Você não entendeu Luiz. Nós somos garotas de programa antes de qualquer coisa, e nosso produto é o prazer. Viemos aqui pra não ficar te devendo nada. De você só quero a amizade e nenhum tipo de dívida.

Fiquei mudo olhando para as duas. Aí Selma me pegou, começou a me tirar a roupa e me levar para cama. Me deixei ser guiado.

Trepei com as duas ao mesmo tempo.

— Beijo na boca do Luiz só eu vou dar — falou Selma pra Simone com um tom de ordem e determinação, e esta obedeceu. Foi ótimo.

Todas as coisas acontecem de surpresa. Pensamos algo e a resposta é sempre o oposto do que esperamos.

Muito tempo depois recebi um cartão-postal e uma foto de Selma grávida. Não tinha o endereço, só estava escrito: "Devo tudo a você. Estou morando na Holanda. Um engenheiro holandês se apaixonou por mim. Conheci ele na noite. Tenho grana e uma casa. Ninguém aqui sabe do meu passado. Vou ter um filho e estou pensando em pôr o seu nome nele. Acho Luiz bacana. Mais uma vez quero dizer que devo tudo a você.

Beijos Selma."

Fiquei pensando: Ela não tem nenhuma dívida comigo. Ela não me deve nada, absolutamente nada. Nada mesmo.

22

Carboidratos? Eu só quero carboidratos!

Carlos tinha uma livraria em Ipanema, era meu amigo há alguns anos e também um pequeno colecionador de obras de arte, tinha uns dez trabalhos meus, mas o seu problema não era nenhum desses — o de ter uma livraria ou a de ser um colecionador — seu problema era que pesava mais de 130 quilos e bebia pra cacete.

O Luna Bar ficava no Leblon. Nessa época eu estava precisando de um equipamento novo de fotografia para me apoiar num trabalho fotográfico que estava fazendo sobre os bares cariocas, e só uma câmera fotográfica não dava; eram necessárias pelo menos duas, cada uma com uma lente específica. A grana pra comprar uma nova câmera tava difícil. Mas aí me apareceu o Carlos lá no Luna Bar, onde eu estava quase toda noite. Esse lugar era incrível: tinha uma parte nos fundos, depois da entrada e de todas as mesas do restaurante, que era um salão refrigerado, onde só ficavam os malucos, e é claro que eu me incluía nesse time. Lá eu vivi, entre outras coisas, o maior amor da minha vida. Como eu ia dizendo, Carlos apareceu por lá, e como sempre começamos a cantar. Nós fazíamos um dueto com o mais variado repertório possível para agradar geral, e era só começar que todos nos seguiam, e lá pelas tantas o porre era tanto que qualquer música tava valendo. Pois é, nessa noite Carlos chegou e, como já sabia que eu precisava de uma câmera nova, começou a negociar um mais louco escambo comigo.

— Luiz, sei que você tá precisando de uma câmera nova.

— Tô.

— Pois é, ela tá aqui comigo — falou me mostrando uma bolsa preta. — Mas o negocio é o seguinte: ela é sua, mas nós vamos fazer uma troca.

— O que você quer? Uma tela nova, desenhos...

— Nada disso. Você sabe que tenho vários trabalhos seus já na minha parede, inclusive comprei aquele que é só um projeto escrito sobre a experiência de isolamento de pessoas em um compartimento subterrâneo num lugar remoto. Mas deixa isso pra lá.

— Tá bom, então manda.

— É o seguinte: você sabe que Clarisse, a minha namorada, tá pegando no meu pé pra eu não beber durante o dia. Não sei mais o que fazer, é aí então que entra você.

— Entro como ô Carlos? Olha a encrenca que você quer me meter, hein?

— Não sei bem ainda, mas com sua habilidade e criação... Olha só. Eu, durante todo o dia, fico na livraria recebendo as pessoas. Pela manhã já não bebo, mas à tarde não dá pra segurar, e a Clarisse tá sempre lá, não posso ter minha garrafa de uísque do lado da mesa que ela confisca, e quando tento qualquer outro jeito de esconder a garrafa, ela já tá em cima confiscando de novo.

— Muda de namorada — falei.

— Para de me sacanear. Vamos fazer o seguinte: você descobre uma forma de esconder minha garrafa, uma camuflagem com algum objeto, como um daqueles que se pode dizer que é arte, ou outra coisa qualquer, e aí a câmera é sua. Na realidade você já pode levá-la, porque sei que você vai fazer algo pra resolver essa situação.

Peguei a câmera e a examinei, era muito boa, de última geração.

Vou ter de bolar alguma coisa ótima para Carlos — pensei.

Naquela mesma noite me veio uma lembrança de um caso que me foi contado e sempre relembrado em família; era sobre o Bernardo Guimarães, meu tio-bisavô, o romancista que escreveu *A escrava Isaura*. Bernardo Guimarães bebia pra valer. Imaginem século XIX em Ouro Preto, não devia haver grandes coisas para se fazer, então ele viajava, escrevia e bebia. Sua vida era cheia de casos estranhos e espetaculares, e seguindo sua trilha como todos nós seguimos a nossa, ficou velho. Aí foi proibido de beber e teve então que recorrer à criatividade para fugir do policiamento da mulher. A primeira investida foi um desempenho que incluía uma bengala. Na época era moda usar bengalas, e Bernardo começou a usar permanentemente uma feita sob encomenda, desenvolvendo um cacoete, assim como um charme, de levar seu cabo à boca. Foi flagrado, pois a bengala era oca e cheia de cachaça e através de um furo ele puxava a bebida. Ficou desconsolado e menos elegante, vestiu roupas mais simples e começou a cultivar hortaliças. Virou um comentário geral a sua transformação, até que um dia foi novamente flagrado, pois em cada horta que trabalhava diariamente havia enterrada uma garrafa de cachaça; seus amigos as passavam por sobre o muro junto com canudinhos, e ele, agachado cuidando das verduras, sugava uma por uma. Acabou.

Vou construir algo que esconda a garrafa de uísque do Carlos, mas tem que ser algo que nunca será descoberto — pensei.

Uma mesa, era isso, iria partir de uma mesa. Então comecei a pesquisar. Andei por lojas de móveis de escritório e antiquários, e foi lá na rua do Lavradio que descobri um móvel parecendo uma escrivaninha do século XIX, o mesmo século que viveu Bernardo Guimarães. Seria uma homenagem a ele, só que agora teríamos a vitória da camuflagem para a garrafa de bebida do Carlos.

— Carlos, descobri algo, mas preciso que você compre e mande pro meu ateliê — falei pelo telefone.

— Me adianta o que qui é — respondeu Carlos.

— É o seguinte: você vai trocar a mesa do seu escritório por uma escrivaninha antiga. Ela é bem mais parruda e melhor do que a que você tem aí. Já pensei alguns truques simples pra você beber sem ninguém perceber.

— Ô Luiz, vou gastar uma grana, não é? Tem que dar muito certo, hein!

— Pode deixar, vai dar.

Orientei Carlos como teria de fazer. Primeiro, olhar a escrivaninha e ver se gostava dela como sua nova mesa de trabalho; depois comprá-la e me enviar. Recebi o móvel dois dias depois do telefonema.

— Chiquinho, vem pra cá, tô precisando dos seus serviços — falei pelo telefone com o meu carpinteiro.

Começamos a realizar o trabalho.

A escrivaninha era de uma madeira clara, muito forte, e tinha duas gavetas do lado direito. A gaveta mais perto do tampo do móvel, nós a dividimos em duas partes e para isso usamos uma madeira de igual coloração. A primeira parte ficou para ser usada normalmente com papéis, canetas e todos os bagulhos de escritório; a segunda parte, mais funda, foi forrada de plástico, para não ter nenhuma infiltração da bebida que aí viria a ser ali estocada. Nesse segundo compartimento, projetamos o seu tamanho para caber uma garrafa deitada e também um copo de fundo largo, que poderia conter gelo com uísque, que era a bebida sempre escolhida por Carlos. A gaveta quando puxada só abria até a primeira parte, pois um mecanismo impedia sua abertura total, e uma trava, quando solta, permitia o acesso ao segundo compartimento tão desejado. Qualquer pergunta feita sobre a gaveta não abrir totalmente poderia ser respondida como se ela fosse assim mesmo: não abria para não impedir totalmente a visão do interior da gaveta de baixo quando esta estivesse aberta, algo muito bem bolado pelo fabricante lá nos idos de 1800 e qualquer coisa; mas o mais importante era o fato do projeto executado ter também um recurso para goles bem rápidos. Pois, pense bem, se não tivesse ninguém próximo, Carlos poderia simplesmente abrir, destravar a gaveta, pegar o copo e beber;

mas no momento em que algum policiamento estivesse por perto ele estaria impossibilitado de saborear o uísque. Então o recurso criado foi a colocação de um porta-canetas antigo, daqueles em que a caneta é enfiada em um pequeno tubo de cima pra baixo. Esse porta-canetas também comprado no antiquário da rua do Lavradio foi fixado no tampo da escrivaninha como se dela fizesse parte. Dentro desse porta-canetas foi colocada uma mangueirinha fina que permitia, uma vez retirada a caneta decorativa que ficava presa nele, sugar o uísque do copo escondido; procedimento igual às garrafas enterradas nas hortas do Bernardo Guimarães.

A escrivaninha ficou pronta, e chamei Carlos pra ver.

— Magnífico — falou Carlos. — Vamos transportá-la imediatamente pra minha livraria.

A escrivaninha chegou lá e substituiu a mesa de Carlos, e sua namorada, a Clarisse, adorou a nova decoração.

Algum tempo se passou, e tudo continuava a dar certo, até que um dia Clarisse resolveu achar que Carlos estava gordo demais e resolveu aplicar-lhe uma dieta com ausência de carboidratos. Carlos, que era sempre calmo, começou a ficar nervoso. Estava recebendo pressão demais.

— Não me interessa carboidrato, proteína, melanina ou anfetamina... — gritava Carlos.

Algumas vezes eu ia até a livraria e presenciava aqueles ataques. Ficava calado, só achando que aquilo ia acabar mal. Um belo dia, ao chegar lá, encontrei Carlos com os dois pés em cima da mesa e um copo de uísque nas mãos.

— O que qui aconteceu pra você estar assim com o copo escancarado e bebendo? Cadê a Clarisse? — perguntei.

— TÔ DE SACO CHEIO e terminei com ela — respondeu. — E teria ficado mais barato se tivesse terminado antes. Eu não teria nem comprado esta escrivaninha aqui. A câmera eu teria te dado de qualquer forma. Na realidade, foi só um pretexto pra pedir sua criação.

— Ô Carlos, você se divertiu bastante com essa história toda. Confessa.

— Isso é verdade. E por via das dúvidas vamos manter o segredo de todo o negócio — falou tomando mais uma dose. — Você sabe que a Clarisse não é uma mulher de se jogar fora...

Depois de beber e comer sem repressão durante dias, Carlos começou a recuperar a calma, e, para sua maior segurança, mandou fazer uma chave pra gaveta e voltou a namorar Clarisse.

23

Visões

Por mais de quatro anos fui diretor da Escola de Artes Visuais do Parque Lage. Quem conhece essa escola sabe da sua importância no panorama das artes visuais do nosso país. Durante esse tempo fiz o que pude para manter seu bom funcionamento e seu grau de excelência; é claro que tive inúmeros problemas, mas também inúmeros momentos de vitória e contentamento. Quando decidi deixar o cargo de diretor, grande parte dos professores quase me exigiu que eu desistisse da ideia de ir embora. A Secretaria de Cultura na época tentou engavetar meu pedido de demissão. Tive de insistir muito e explicar que como artista precisava cuidar do meu trabalho, que tinha sido reduzido a quase nada nesse tempo de muita seriedade na minha vida. Aliás, tanta seriedade ia acabar me matando; mas sobre isso eu não falei nada pra ninguém.

Durante o período de minha saída, que se arrastou por três meses, várias coisas me emocionaram, mas foi a forma de atuação dos funcionários mais simples que bateu fundo em mim. Eles não tinham razão objetiva para a minha permanência ali como diretor, mas começaram a entrar na minha sala me pedindo licença e tentando me demover da ideia de deixar o cargo. Uma hora perceberam que seria inútil tal pedido, então me reservaram uma cerimônia verdadeiramente única para o dia de minha saída. Se reuniram e, juntos, fizeram um corredor humano para que eu passasse entre todos, depois me acompanharam em silêncio até o carro. Quando fui saindo, pude ver pelo espelho que ainda permaneciam lá, acenando, até sumirem do meu ângulo de visão.

O palacete, prédio principal do conjunto arquitetônico do Parque Lage que hoje abriga a Escola de Artes Visuais, foi construído na primeira metade do século XX no local de uma fazenda colonial, que foi demolida. Sua arquitetura eclética teve como base um sonho realizado pelo construtor de navios Henrique Lage para sua mulher, a cantora lírica Gabriela Besanzoni Lage, italiana e uma reconhecida contralto de sua época. Esse palacete sempre foi rodeado de uma atmosfera única e misteriosa e contém histórias e mais histórias, que estão sempre envoltas num clima nebuloso de irrealidade, tal como alguns dias de inverno, lá mesmo dentro desse parque urbano.

Foi exatamente numa sexta-feira de um inverno carioca, num daqueles dias raramente frios que temos na nossa cidade, que algo surpreendente me aconteceu quando eu era ainda diretor da Escola de Artes Visuais. Estava saindo do prédio principal no final da tarde com alguma luz do dia, luz suficiente para enxergar tudo, quando um pequeno cachorro prateado passou correndo por mim. Esse pequeno cachorro, que é conhecido pelos biólogos da área como Lobinho, seguiu em direção a um caminho calçado de pedras que dá acesso à mata dos fundos do palacete. Acompanhei com meu olhar a corrida do Lobinho, e me surpreendeu a falta de pessoas e carros no local. Na realidade, sexta-feira de tarde é sempre assim: os alunos já foram embora e restam muito poucas pessoas na escola. Mas aquele dia estava especialmente vazio.

Que solidão — pensei. Mas não! Tem alguém, um senhor; acho que está indo em direção ao seu carro.

Esse senhor era louro, vestia calça preta e camisa branca, e o carro surpreendentemente me pareceu um Ford mais antigo, daqueles da década de 1950, de duas cores, no caso azul e branco. Vi tudo muito nítido e claro. O meu carro estava estacionado um pouco antes do Ford, e eu continuei caminhando em direção a ele. E aí a surpresa: como num sonho, o senhor foi se aproximando desse carro antigo, e esta imagem — dele e do carro — começou a desaparecer bem na minha frente. Fiquei parado bastante tempo tentando entender o que tinha acontecido, mas não havia explicação, não tinha mais nada nem ninguém ali. Fiquei com essa visão louca gravada na minha retina durante muito tempo e, se a relembro, como agora, ela me parece nítida e quase real. Tudo se tornou um segredo só meu.

Alguns anos se passaram e, quando já não era diretor da Escola de Artes Visuais, fui convidado a participar de uma exposição no Museu de Arte Contemporânea de Niterói. A curadoria estava sendo feita por um também ex-diretor da Escola, que tinha ocupado o cargo bem antes de mim. Tudo ocorreu na maior tranquilidade, tanto a exposição bem como meu contato com esse ex-diretor, que somente conhecia de forma superficial. Aí começamos uma aproximação, e uma amizade se iniciou. Um dia saímos para almoçar juntos e trocar algumas ideias, e, é claro, falar da nossa experiência de quando éramos diretores da Escola de Artes Visuais do Parque Lage, vivida em épocas diferentes.

Depois de algum papo e muito vinho:

— Tive muita dificuldade por lá — falou ele, se referindo à Escola.

— Parece uma conversa comum de quem já foi diretor — respondi.

— É, mas junto disso aquele lugar é surpreendente. Aquele parque, aquele palacete, todo o jardim construído. Imagino, e como já li sobre, a Besanzoni puxava o paisagista e dizia: "Aqui plantas tropicais, do outro lado europeias, mais adiante uma ponte sobre um lago, depois cavernas, uma cachoeira, um chafariz..."

— Uma época que não existe mais... — falei.

Mais um pouco de vinho.

— Sabe Luiz, tive algumas visões estranhas lá.

— Eu também, mas mantive sempre em segredo — falei.

— Claro que eu também, não tava a fim de ser chamado de maluco.

— Uma vez, num dia quase vazio, vi uma pessoa andando em direção a um carro, ali no lado do palacete, e de repente a imagem — pessoa e carro — desapareceram na minha frente — contei.

Quando acabei de relatar esse fato como único, o ex-diretor me olhou fixamente e chegou a mudar levemente de cor, e começou a me arguir.

— Como assim? Era um homem louro?

— Era — respondi.

— Ele caminhava sem olhar pra trás?

— Sim — respondi.

— Você o chamou?

— Não — respondi.

A conversa ganhou dramaticidade. Começamos a sentir algo comum, como se a temperatura ambiente tivesse baixado levemente. Bebemos mais um gole de vinho, e ele começou a narrar:

— Num dia também vazio, estava saindo para buscar o meu carro, e uma pessoa, um homem, estava caminhando em direção ao que achei ser o carro dele. Não dei importância e abri a porta do meu, entrei e liguei o motor. Mas quando voltei a prestar atenção ao redor, ele não estava mais lá. Achei tudo muito estranho, pois não teria dado tempo de ele ter entrado no carro, dado partida no motor e passado por mim sem que eu percebesse. Como disse, achei muito estranho. Ele sumiu. Mas não foi tudo. Tempos depois a cena se repetiu, só que dessa vez não desgrudei o olho do homem, e caminhei um pouco em sua direção e o chamei assim: "Ei! Ei!" Ele continuou andando, pôs a mão na porta do carro para abri-la, me olhou e sumiu na minha frente junto com o carro. Uma grande emoção tomou conta de mim.

— De mim também. E o carro era um Ford antigo de cor azul e branca? — perguntei

— Não tenho uma cultura automobilística a ponto de saber se era um Ford, mas era antigo e azul e branco — disse ele.

Ficamos ali nos olhando e bebendo nosso vinho cada vez mais.

24

Páginas e mais páginas de uma história que não termina. Assim como uma viagem por entre as estrelas, onde espaço e tempo acabam, mas a viagem não acaba nunca

Tinha uma namorada linda. Pegava meu carro e com ela voava pela estrada toda sexta-feira em direção a nossa casa em Arraial do Cabo. Tínhamos conseguido uma casa de pescador perto da praia Grande e a reformamos toda; nós mesmos, com a mão na massa, fizemos tudo.

Lá passei uma época de intensa vivência com amigos e habitantes dessa cidade pintada por Pancetti. A casa era pequena, mas cabia sempre uma quantidade de pessoas bem maior do que se podia imaginar que coubesse; era uma magia que eu vivia com a garota que amava sempre ao meu lado.

Algumas ruas calçadas com paralelepípedos, outras de terra socada, outras de areia da praia espalhada. Um cinema, um parque de diversões com roda-gigante, um bar cujo dono se chamava Arnaldo, que era velho e sonhador.

— Seu Arnaldo — eu falava —, troca um cheque por dinheiro pra mim?

— Troco — respondia ele sem pensar.

Seu Arnaldo vivia com os olhos perdidos em outro tempo. Me dava muito bem com ele. Queria que eu fosse seu sócio no bar e, para ganhar credibilidade comigo, mostrava recortes de jornais antigos ao lado do governador Carlos Lacerda.

— Fui amigo pessoal dele — dizia. — Tudo que tenho devo a ele.

Ora, seu Arnaldo não tinha quase nada. Só um bar arrendado e uma casa alugada, mas seus sonhos eram altos.

— Vamos transformar este bar aqui no maior de Arraial — dizia. — Terá fama até no Rio de Janeiro.

Ele precisava de outro sonhador, e não de mim como sócio.

Em Arraial do Cabo, com minha namorada dourada, a vida rolava sem nenhum problema, nada me aborrecia, nem a ressaca monstruosa depois de porres com cambuí. Mistura feita por um negro, que possuía uma birosca na praia Grande. Gregório, o chamávamos assim, pois as paredes de sua birosca eram cheias de fotografias do capanga de Getúlio Vargas, o Gregório verdadeiro. O cambuí era uma frutinha da restinga que Gregório catava e misturava com cachaça; tinha um poder quase alucinógeno.

Seu Arnaldo odiava o Gregório.

— Aquele negro safado, que tem um bar na praia Grande, tem que morrer — dizia.

Nem mesmo lembrava que seus arroubos racistas batiam de encontro com sua própria esposa negra. É que na realidade, já meio insano na sua velhice, se lembrava e colocava a culpa no Gregório da praia Grande pelo crime histórico da rua Toneleros em 1954. Onde o verdadeiro Gregório foi o mandante na tentativa de matar Carlos Lacerda, e onde o pistoleiro acertou o pé do então deputado e acabou matando o major Rubens Vaz.

Era assim a relação na cidade. Coisas muito antigas, e o progresso chegando. Se bem que chamar caos de progresso é de matar. Vamos aos poucos.

O restaurante Meu Cantinho ficava na rua principal, a av. Getúlio Vargas, e era o ponto para acabar com a fome nos finais da tarde, depois de muita cerveja, maconha e cambuí. Lá tinha uma TV preto e branco, onde se podia ver o noticiário e os jogos de futebol. Também tinha um excesso de moscas e fotos de Getúlio Vargas. Olha Getúlio outra vez. Tanta citação na realidade existia porque, durante o Estado Novo, ele fundou ali em Arraial do Cabo a Companhia Nacional de Álcalis. Uma empresa brasileira produtora de sal e barrilha que, junto com a Vale do Rio Doce e a Fábrica Nacional de Motores, tinha o intuito de impulsionar a industrialização no Brasil. Ufa!

Imagine tanta confusão histórica na cabeça de todos. Imaginem também como seu Arnaldo, um fã de Carlos Lacerda, foi parar numa terra onde seu arqui-inimigo era cultuado até por uma juventude que nada dessa história tinha vivido.

Um pedaço da minha vida estava em Arraial. Praia, casa de portas abertas e festas quase sempre. Observava a história local se transformando dia a dia.

Os políticos de Cabo Frio, município ao qual Arraial pertencia, um dia resolveram construir uma grande caixa-d'água sobre o morro da praia Grande.

— Isso vai ser uma merda — falava seu Arnaldo, que, mesmo com seus delírios insanos, às vezes tinha momentos de lucidez quase futurísticos e o descrédito total nas intenções dos políticos. — Esses políticos vão colocar água, pois luz já temos, e depois vão grilar o morro pra criar seus currais eleitorais.

Dito e feito. Começaram a aparecer barracos. Primeiro encostados na caixa-d'água, depois descendo o morro, tudo sob a proteção de capangas de políticos.

Os pescadores enlouqueceram com a possibilidade da ocupação, e o aumento da atividade humana na praia Grande desviar os cardumes de peixes que acompanham as correntes frias em busca de alimento, e assim prejudicar o seu trabalho e sustento.

A pesca em Arraial do Cabo sempre manteve inúmeras famílias, e a sua realização artesanal depende do olheiro, função feita até hoje pelo mais velho pescador, que olha o mar durante horas de cima da montanha e consegue ver o movimento de cardumes se aproximando. Nessa época, nem o surfe era permitido ali. Brigas mortais já tinham acontecido entre surfistas e pescadores, e agora provavelmente a guerra seria com os grileiros.

Os capangas dos políticos continuavam a policiar o aumento da invasão do morro, e espertamente foram orientados a oferecer títulos de grilagem aos pescadores; assim a paz foi conseguida e mantida e mais votos arregimentados.

— É uma pouca vergonha — falava seu Arnaldo. — Não vendo fiado pra mais ninguém.

Arraial do Cabo ainda não sentia na pele os efeitos da invasão do morro da praia Grande. Tudo parecia estar em harmonia, e eu continuava quase sempre lá com meus amigos e minha namorada de cabelos escorridos até a cintura.

Era um dia muito especial para mim, estava fazendo 30 anos — e uma festa em Arraial era a melhor comemoração. Estavam lá, além de mim e de minha menina dourada, Charles, Ligia, Aluízio, Ronaldo, Denise, Nelson, Monteiro, Ana, Ângela, Tereza, Cavalcanti e muito mais. Também tinha convidado seu Arnaldo e esposa. A cerveja tinha acabado. Fui então buscar mais algumas lá no bar. Ao voltar, encontrei todos no meio da rua, e minha namorada gritava:

— Luiz, salte do carro e olhe pro céu, o que é aquilo?

Parei e olhei; fiquei maravilhado: uma grande bola de fogo passava e deixava um rastro gigantesco e luminoso, e era acompanhada de inúmeras bolas menores, cada uma delas deixando também o seu rastro. A noite era clara e sem lua, e a bola de fogo, que passando iluminava o teto das casas e o morro da praia Grande, foi sumindo lentamente atrás do pontal do Atalaia. Estávamos vendo um óvni.

— Volte, volte que eu vou com vocês! — gritei quase brincando.

Aí senti minha boca sendo tampada por uma mão. Era minha menina dourada dos cabelos escorridos, que dizia:

— Pare, não quero perder você. Não hoje.

Ficamos todos olhando e aí escutamos:

— É a Mãe do Ouro que passa de sete em sete anos — falou a mulher de seu Arnaldo.

— É o sinal dos tempos — completou ele.

Arraial continuou ainda alguns anos na minha vida, mas aí as coisas começaram a mudar. Todos os fins de semana que voltava, minha casa tinha sido invadida e roubada. O morro da praia Grande agora estava todo ocupado por barracos. Fizeram um plebiscito, e Arraial se emancipou de Cabo Frio. Os políticos estavam ganhando, não tinha mais lugar para mim. Seu Arnaldo foi embora e deixou um enteado com o bar. Vários amigos também se foram, era a debandada geral. Fiquei até que, um dia, ao voltar, tinham roubado minha bandeira do Flamengo que ficava na parede da sala da minha casa. Aí foi demais. Lembrei da música feita pela minha sobrinha ainda criança, para a casa de Arraial:

Arraial do Cabo
Arraial do Cabo
Quero ir pro Rio
E depois voltar
Pra essa casinha*

Não dava mais para voltar, tava tudo dominado.

Mas com minha menina dourada eu tive um filho, que para minha alegria, e como o retrato de uma época, ainda foi fotografado bebê na porta da casa de Arraial. E hoje, além de poeta e artista, tem na parede de sua casa uma bandeira do Flamengo.

É isso aí, poeta e artista. Artista e poeta.

Somos.

---

* Música de Joanna Miller e Sidney Miller.

25

Estrada de terra e os cavalos correndo na frente do carro. Sabem que quando acabar o barranco terão fuga para o pasto

Interior de Minas Gerais, perto da cidade de Mariana, num vilarejo chamado Monsenhor Horta, comecei a construir uma casa e reformar a sede de uma fazenda. Ali seria rodado um filme do qual eu era o seu cenógrafo e assistente de produção. Contratei para a realização do empreendimento os operários no próprio vilarejo e comecei então a conhecer uma outra realidade dentro de uma cultura por mim reconhecida.

Dirigia uma Kombi e buscava pela manhã o grupo formado por dois homens mais velhos, seu Herculano e seu Inácio, que comandavam os mais novos. A fazenda em que entrávamos para fazer a reforma estava meio abandonada e pertencia a um político considerado bandido por vários desses contratados. O sinal da cruz era sempre feito por todos ao ultrapassarmos a porteira. A sede principal, a que iríamos reformar, era habitada por galinhas, patos e pombos. Do lado havia um matadouro ainda em funcionamento, mas um dos filhos do político que explorava o gado preferia matar o boi no pasto com um tiro de carabina bem no meio dos olhos e depois arrastar com um jipe o corpo do bicho para ser sangrado no matadouro.

— O sujeito é mau — falava seu Herculano. — Dizem que já matou uma pessoa assim mesmo.

O grupo que contratei se dividiu em dois. Um ficou na sede da fazenda, e o outro começou a fazer uma casa-cenário, que era somente uma fachada, e ficava num plano que podia ser enxergada da varanda da sede. O pessoal mais jovem ria de forma sinistra disso, e apelidaram a casa-cenário de "cara do Sagres". Não conseguia entender, e a única vez que perguntei o porquê do apelido, me responderam com o mesmo riso sinistro. Seu Herculano não tinha cara de gostar da brincadeira, deixei pra lá, mas comecei a me referir à obra da mesma maneira que os mais jovens: a cara do Sagres.

No final de tarde, todos paravam de trabalhar, se sentavam e enrolavam seus cigarros de palha para fumar. Ficavam em silêncio me olhando, como se esperassem algo. Alguns dias se passaram, receberam o primeiro pagamento mas não mudaram de atitude. Sempre me olhando fixamente no final da tarde. Mineiros do interior com uma linguagem que não compreendia a minha, mas eu reconhecia a linguagem deles como de outra vida, assim como se entende o idioma de pais estrangeiros mas não se consegue falar. Lembrava que meu avô, o poeta Alphonsus de Guimaraens, tinha nascido em Ouro Preto e falecido em Mariana, e chegara ainda em vida a ter contatos com Monsenhor Horta. A família de meu pai era toda dali de origem; dava para perceber as atitudes locais, só não conseguia ainda ter uma comunicação total; estava construindo.

— Seu Herculano — falei —, o pessoal tá querendo alguma coisa.

— Pergunta pro sinhô Inácio.

A risadaria foi total, pois que seu Inácio era conhecido pinguço da região; num só lance eu já tinha percebido tudo.

— E aí Seu Inácio, me responda.

— É o seguinte, seu Luiz — falou ele. — O pessoal quando vai fumá seu cigarrinho precisa de um acompanhamento.

— Tá bom, seu Inácio. Quantas garrafas de pinga vocês querem no final da tarde?

A resposta veio rápida e funcionou como uma quebra de tensão:

— Duas.

Cada vez mais me aproximava do pessoal da minha equipe, e de todo um jogo de quebra-cabeça que começava a ser montado, armado e vislumbrado. Uma das peças desse jogo eram as mulheres; não podíamos falar nada sobre elas, a não ser sobre as "mulheres da vida". Outra peça, as igrejas e as missas de domingo, ninguém deveria faltar a nenhuma, se não mentir que esteve lá. Várias e várias peças e mais outras peças do quebra-cabeça. Mas uma das melhores era o nome da cidade de MOSSORÓ, pois era assim que chamavam Monsenhor Horta, a redução ao extremo que os mineiros fazem das palavras e frases. Imaginemos: MO de **MO**nsenhor, SS de monSenhor, O de monsenhOr, R de hoRta, quase mudo e o Ó final para completar o som de MOSSORÓ, sendo que o **ta** de Monsenhor Hor**ta** era sempre excluído. É isso aí. Mas ainda não compreendia a peça final, a cara do Sagres.

Toda a obra, a da reforma da sede da fazenda e a construção da "cara do Sagres", estava chegando ao fim, e logo teríamos o começo das filmagens; estava quase tudo pronto. Eu já tinha passado bastante tempo ali preparando tudo, conhecia todos os cantos dos pássaros, os cheiros do pasto, como enfrentar um touro sem correr. Os atores e técnicos chegariam em breve e, é claro, seriam como estranhos de outro mundo ali; como eu tinha sido no início disso tudo.

Os pés de laranja-lima estavam abarrotados e eram meio largados, pois ninguém os explorava, mas eu passava muito tempo entre eles com meu canivete, descascando e chupando aquelas laranjas doces. Num desses dias estava lá, quando comecei a escutar uma conversa por entre a camuflagem do laranjal.

— Vamo levá o seu Luiz pra ver o Sagres? — me pareceu a voz do seu Herculano.

— Êêê! Num sei não, acho que ele vai se impressioná — achei que era a voz do seu Inácio respondendo.

— O seu Luiz merece sê abençoado.

— Éééé...

O som da conversa foi ficando distante, mas um contentamento me bateu; tinha conseguido a amizade e a confiança do pessoal de lá, mas ficaria em silêncio como se não tivesse escutado nada.

Num final de tarde, depois das duas garrafas de cachaça, seu Herculano se aproximou de mim e disse:

— Seu Luiz, quando o sinhô nos levá pra Mossoró hoje, nós vamo te mostrá um segredo da nossa cidade.

— O que qui é, seu Herculano?

— Deixa pra hora.

Lá fui eu pra Mossoró, sem saber direito o que me esperava; só tinha certeza que me mostrariam o tal Sagres. Cheguei, parei a Kombi, saltei e comecei a andar com todos da minha equipe pelo vilarejo; me levaram por uma picada. A luz do dia já estava acabando, então acenderam dois lampiões de vento e os colocaram na ponta de duas varas longas; assim podíamos ver o caminho facilmente. Caminhamos durante muito tempo em silêncio. Aí seu Herculano voltou a falar:

— Seu Luiz, nós tamo te levando pra casa do Sagres. Ele é um homem santo e vai te abençoá; o sinhô todo esse tempo conosco, sempre soube nos respeitá, o que é difícil pros homens da cidade grande. Mas não se impressione, tudo lá é diferente.

Voltou o silêncio entre todos.

Chegamos a uma pequena casa, já estava totalmente escuro, somente a luz de um candeeiro passava pela porta e janelas abertas. Outra luz tremulava mais ao fundo, parecendo velas acesas. Seu Herculano bateu palmas e aguardamos.

— Quem é? — Veio uma voz abafada do interior da casa.

— Sou eu, Inácio, nossos filhos e outros da cidade — disse seu Herculano.

— Pode entrar.

Fomos todos até a porta, mas éramos muitos para uma casa tão pequena. Aí somente seu Herculano, seu Inácio e eu entramos. Havia um homem de costas pra nós, sentado de frente pra uma espécie de altar com inúmeras imagens de santos.

— Sinhô Sagres, trouxemos um amigo da cidade grande a modo o sinhô abençoá — falou seu Herculano.

— Mande ele sentá aí — respondeu o Sagres.

Sentei num tamborete de madeira e aguardei. O tal Sagres se virou, e então pude ver que um pano preto cobria seu rosto. Uma cruz branca estava desenhada no meio do pano, e dois buracos debaixo dos braços da cruz deixavam vislumbrar o brilho dos olhos. Então ele começou a me fazer várias perguntas sobre minha vida e minha religião. Tive que tirar lá do fundo todas as lembranças da minha formação católica pra responder a suas perguntas religiosas e aí então ganhar a sua bênção, num ritual interminável com cachaça e um cachimbo, quase como um pai de santo, como eu conhecia. Lá pelas tantas, o Sagres, num transe profundo, tirou o pano preto: era grotesco; não tinha cara, ela havia sido arrancada por algum terrível acidente. Tudo terminado fomos andando de volta para "Mossoró".

— Sabe a cara do Sagres? — perguntou o seu Herculano.

— Não — respondi.

— É que ele perdeu a cara numa luta de vida ou morte com o lobisomem.

A última peça de todo o quebra-cabeça — pensei, e aí falei:

— Ah! Então a casa da filmagem que só tem fachada é a cara que o Sagres perdeu? Uma imagem interessante que vocês criaram.

Os mais jovens começaram a rir levemente.

— Parem de rir de coisa séria — falou seu Herculano.

— Não é nada disso — falou pra mim, bem baixinho, um dos jovens que nos acompanhavam. — O Sagres perdeu a cara numa briga de foice e aí inventou essa história de lobisomem pra se tornar homem santo e poder ganhar algum dinheiro pra viver.

Realmente nessa brincadeira toda, eu tinha deixado algum dinheiro com o Sagres. E era claro pra mim que as novas gerações, mesmo ali naquele lugar perdido, não compartilhavam das mesmas crenças que os mais velhos. Continuamos caminhando e chegamos a Mossoró.

Como sempre, durante esse tempo, eu dormia num hotel em Mariana enquanto aguardava o pessoal da filmagem. Dormindo ali e trabalhando em Mossoró, fiquei três meses vivendo o meu interior e o interior do Brasil. Até uma namorada bem caipira eu tinha.

Aí chegou o dia que todos vieram do Rio de Janeiro e de São Paulo pro começo do trabalho. Câmeras, lentes, filmes virgens, trilhos, carrinhos, grua, malas e mais malas de figurinos, pessoal técnico e atores, gente e mais gente; tudo e todos transferidos para a sede da fazenda que eu tinha reformado com minha equipe. Estava tudo arrumado, tudo pronto, mas agora o pessoal de Mossoró não estava mais comigo, e eu me sentia como o único conhecedor do local.

— A cara do Sagres — falava me referindo à casa-cenário que era só fachada.

— Que é isso? Cara do Sagres? — todos me perguntavam.

Sabe quando sentimos uma enorme solidão, mesmo estando entre caras conhecidas?

nunca sabem o que você verdadeiramente viveu
não sabem nada
sobre fato algum
nada de nada
tudo imaginado
perdido solto
assim sem fim
solitário
sentido.

Ficava agora rindo de maneira sinistra, o mesmo que antes fizeram comigo.

Algo tão simples e tão só meu.

26

Somos como os insetos. Destruímos uns aos outros, não possuímos individualidade, só cumprimos uma ordem maior de cada formigueiro. Lutamos por território e poder

Irã, Iraque, EUA, Rússia, Comunidade Europeia, árabes e judeus, milhares de tanques, foguetes, areia, deserto, sangue, milhares de vidas, partidos políticos, mouros *versus* cristãos, a mesma história sempre. Dois caminhos de saúvas se cruzavam na terra vermelha do Planalto Central; era silêncio, podia-se escutar o som do combate e o cheiro dos corpos sendo cortados pelos ferrões das formigas-soldados contra formigas-operárias, que também se digladiavam; um dos formigueiros venceria depois de mortes e mais mortes.

Tinha construído um ateliê no campus da Universidade de Brasília, bem perto do lago; tinha recebido uma licença única. Ali bem perto estava também um grupo de índios mantidos pelo Departamento de Antropologia da universidade; eram índios deslocados de suas tribos e perdidos na Nova Capital.

Meu ateliê foi meu primeiro projeto de casa. Era um grande barracão de madeira, bonito e pretensioso, pois, como um hangar de aviões, ele se abria ao meio no seu pé direito de cinco metros. Tinha sido projetado para receber a construção de uma escultura ambiental e habitável que seria levada pra dentro do cerrado. Todo o projeto foi abortado pela invasão da universidade pelos militares durante a ditadura.

Mortes e mais mortes, físicas e morais.

Este meu ateliê, que era pra ser um local de trabalho, acabou servindo naquele momento de refúgio para vários procurados e perseguidos pelo regime brutal da ditadura que assolou o Brasil por 20 anos. Mesmo assim, ainda ali, consegui realizar algumas maquetes do trabalho pretendido e meu irmão um filme.

Esse ateliê era o máximo, um delírio de pensamentos.

Não ligue, já repeti antes e agora virá depois ateliê, ateliê, ateliê (pausadamente)... Então vamos falar de índios e formigas, de uma guerra que aconteceu bem na frente do meu ateliê na beira do lago.

Riku e Guma estavam apaixonados pela mesma índia. Lembra que falei de índios deslocados? Pois é, todos eles moravam num mesmo barracão de madeira perto do meu ateliê. Riku era mais meu amigo e pegava rãs no lago para fritar e comermos juntos. Sabia também raspar a casca de algumas árvores do cerrado para pôr no cachimbo e fumar; ficava muito louco, mas isso eu nunca experimentei. Os dois índios, apesar de amarem a mesma índia, conseguiam viver de modo relativamente pacífico, até que um dia tudo começou a degringolar.

Dondocas de Brasília descobriram um lugar lá perto que diziam possuir uma energia positiva; coisas de sempre do Planalto Central. Aí nesse lugar começaram a fazer despachos muito ricos. Frangos, vinhos, cachaças, cigarros, charutos e bijuterias. Toda sexta-feira acontecia um ritual com esses ingredientes. Mas ali estavam sempre Riku e Guma escondidos atrás do mato esperando tudo acabar. Quando as dondocas se retiravam, num salto só, disputavam todas as iguarias e pertences do despacho; é que pretendiam sempre presentear a índia, a paixão deles. Isso foi se tornando uma competição mais grave, e Guma, mais ágil, conseguiu mais presentes pra índia, que assim resolveu ficar com ele.

— Num é possível — falava Riku.— Vô matá Guma.

— Não faça isso Riku — eu respondia.

As saúvas invadiam quase sempre o meu ateliê, e permanentemente havia guerra entre formigueiros na terra vermelha bem ali na frente. E foi aí o palco da luta mais incrível que já vi, junto com alguns outros observadores. Riku e Guma rolavam de um lado para outro no chão sem emitir um único som, a não ser o das respirações ofegantes. Os dois eram ferroados por saúvas, pois a luta se dava no encontro de dois enormes formigueiros em guerra também naquele momento. Guma mordia a cara de Riku, e este segurava um dos pulsos de Guma e, com a outra mão, tentava lhe arrancar um dedo. A luta se resumia a isso, ninguém os conseguia separar. Quando puxávamos um, o outro o seguia, parecendo um único corpo. Quando puxávamos os dois, eram indivisíveis. Então um segurança da universidade teve a idiota ideia de chamar a polícia.

Imagine a época de repressão absoluta da ditadura militar e a polícia dentro do campus. Mas o idiota chamou a polícia que não era necessária, pois eles, entre si, acabariam resolvendo a questão. A polícia chegou e a luta continuava na mesma, nem tentaram fazer nada, só foram baixando o sarrafo, como se isso fosse adiantar alguma coisa. Quanto mais apanhavam e eram mordidos por formigas, mais se agarravam e tentavam destruir um ao outro, até que a polícia os caceteou na cabeça e eles desmaiaram; foram jogados dentro do camburão e levados embora. Os protestos sobre tal atitude nem sequer foram ouvidos.

Riku e Guma foram resgatados pelo pessoal do Departamento de Antropologia da universidade e levados de volta para o barracão que os abrigava. Muito machucados, mal conseguiam andar. Sabe quando encontramos uma única formiga, empoeirada e trôpega, perdida em algum canto da casa sabendo que o piso daquele ambiente é um universo para ela e que nunca encontrará o rumo do seu formigueiro? Eram assim Guma e Riku, deslocados e perdidos no ambiente em que viviam.

E era assim também dentro do meu ateliê na beira do lago, naquele tempo em Brasília, perto das saúvas e dos índios, no começo dessa cidade, perdidos e mortos dia a dia pela ignorância, pela burrice, olhos frios com poder destruidor, militares fascistas mais fortes que nós; só não maiores que os nossos sonhos.

Sonhos, lutas, desespero. Mesmo pensando que somos indivíduos, sozinhos estaríamos mortos. Nos juntamos, e depois de vencermos batalhas tão sonhadas, vivemos juntos, para então criarmos novas regras, e dentro e fora de nossos formigueiros, nos destruirmos. Somos assim; sempre iguais aos insetos.

27

Quando inventamos, somos únicos. Ao mostrarmos nossa criação, perdemos a autoria. É assim agora: do real ao virtual. Somos só informação em um monitor perdido em uma mesa qualquer, dentro da rede, dentro da trama, podemos ser capturados e usados. Não importa, agora é assim

Estávamos fazendo um filme no meu ateliê da Universidade de Brasília. Meu irmão o dirigia de forma livre, partindo de um conceito básico, buscando uma linguagem solta, só predefinida quanto ao movimento dos atores-personagens e imagens em preto e branco. Construíamos uma realidade sonhada a partir da nossa experiência de vermos uma cidade nascer do chão dia após dia no Planalto Central. Realidade de encontro com outra retratada ali perto na cidade de Pirenópolis; onde todo ano acontecia a Festa do Divino Espírito Santo.

Lembro-me muito jovem, com um olhar ainda desavisado, fotografando essa festa onde eu era o único fotógrafo da cidade. Meu irmão tudo anotava. Talvez tenha sido aí um dos primeiros trabalhos de registro da festa feito por nós, os novos moradores do planalto.

O filme era rodado de dentro pra fora do meu ateliê. Uma pessoa nua colava copos de papel cônicos numa caixa. Várias máscaras da Festa do Divino Espírito Santo eram vestidas por participantes atores. Caminhávamos pelo cerrado e alcançávamos uma plataforma cimentada, onde seria um pequeno aeroporto nunca ativado. Ali pulávamos, corríamos e desaparecíamos como mágica numa leve inclinação do terreno.

As máscaras dos Mascarados das Cavalhadas da Festa do Divino Espírito Santo eram feitas de papel colado e pintadas em vários tons de cores. Todas confeccionadas pelos festeiros do interior de Goiás.

Afinal, Mascarados, Cavalhadas e Festa do Divino Espírito Santo? O que é isso? Bom, vamos chamar só de Festa do Divino, pra ficar mais fácil e juntar tudo nela e continuar explicando a confusão, como sempre criada por nós brasileiros em qualquer canto deste país. O Brasil é igual por toda parte.

A Festa do Divino é uma das festas mais antigas do catolicismo popular. Ela acontece 50 dias após a Páscoa, comemorando o Pentecostes, ou seja, quando o Espírito Santo, segundo o Novo Testamento, desceu dos céus como línguas de fogo sobre os apóstolos na presença de Maria, os iluminando e os inspirando para que realizassem todo o trabalho e percurso da Igreja. As Cavalhadas são uma festa popular e profana que já existia em Portugal e aqui se juntou à Festa do Divino. Elas foram criadas a partir dos torneios medievais para comemorar a reconquista da Península Ibérica — parte de Portugal — pelos cristãos, com a derrota dos mouros no século XIII. Parece que, no Brasil, as Cavalhadas foram introduzidas com a chegada de D. João VI. A essas Cavalhadas, se misturam ainda os mascarados que, durante a Festa, usam fantasias e máscaras de demônios, touros, unicórnios, e, com cavalos também fantasiados, galopam pela cidade transformando os festejos em quase um carnaval. Temos ainda vários outros acontecimentos, como a morte da onça, o futebol dos mascarados e a banda de música que é quase onipresente. Ainda existe o representante máximo de tudo isso: um Imperador, eleito todos os anos. E ainda missas e mais missas, fogueiras e o mastro com 30 metros de altura com a bandeira do Divino Espírito Santo. Tudo junto formando um enorme transe, que envolve a todos, misturando tempo e história, transformando tudo isso na grande Festa do Divino.

O filme narrado era dirigido por meu irmão, no meu ateliê na beira do lago na Universidade de Brasília, e trazia a representação simbólica da união dessa loucura festiva que foi introduzida em Pirenópolis no início do século XIX com a ocupação do Planalto Central na segunda metade do século XX. Este era o seu conceito básico.

Muitos filmes foram feitos sobre Pirenópolis, mas nenhum como esse, com esse significado: "O encontro de duas épocas do nosso país, agora muito pouco pensado, pouco visto e observado pelo lado sonhado."

O filme quase se perdeu com o tempo. Mas depois achamos uma cópia malconservada e a telecinamos. Vamos colocá-lo na rede, na web, dentro da trama, You Tube talvez; será capturado, usado, perderá sua autoria primeira e ganhará outras interferências. Não importa, agora é assim: do real primeiro em um tempo passado ao virtual. Agora em um monitor perdido em uma mesa qualquer em alguma parte do mundo.

28

Josefa

Josefa me apareceu numa tarde com seus olhos negros e um sorriso muito branco estampado na cara; tudo em cima de um vestido de chita fora de qualquer ângulo e foco. Era a nossa nova empregada vinda do interior de Goiás, de uma família de agricultores muito pobres pro padrão de uma grande cidade. Eu sei que lá, ela vivia bem com sua família: plantando, colhendo e criando pequenos animais pro seu sustento.

— Seu Luiz, nunca vi dinheiro na minha mão — falava.

— Josefa, o que qui você vai fazer agora que você tem dinheiro aí com você? — perguntei depois de ela receber o primeiro salário.

— Num sei.

Josefa tinha o sonho de viver na cidade grande, não sabia bem por quê, mas queria experimentar uma nova vida. Aprendeu rapidamente a se pintar e se vestir à moda da cidade. Comprou um sapato de salto alto pra crescer um pouco e ficar mais vistosa. O problema maior era o português que ela falava, quase como um dialeto. Não conseguia muito ser compreendida.

— Seu Luiz, parece que só o senhor me entende — dizia.

Eu gostava muito da Josefa.

Viajei de carro com minha família, e Josefa foi junto. Nessa época, no verão, saíamos de Brasília, onde morávamos, passávamos por Belo Horizonte, para visitar minha avó, depois Ouro Preto, Mariana, rumo ao Espírito Santo. No caminho, íamos visitando e ficando com nossa família de origem — tanto paterna como materna — espalhada pelo Brasil. Como retrato de uma família brasileira ligada à corte, acabávamos nossa viagem no Rio de Janeiro, de onde todos nós tínhamos saído um dia. Era assim sempre, e agora levando Josefa.

— Meu pai me disse que um homem muito antigo da família dele saiu do Rio de Janeiro pra criar gado em Planaltina; por isso que nós somos todos de lá — falava Josefa quase pensativa.

Apresentei o mar pra Josefa quando chegamos ao Espírito Santo. Ela ficou olhando e não falou nada. Mas naquele mesmo dia:

— Seu Luiz, vou pro CÓRGO — disse ela.

Josefa me apareceu vestida com um maiô inteiro, de sapato alto e uma bolsa de couro que usava pra passear aos domingos.

— JOSEFA — falei. — Primeiro não é CÓRGO. Seria córrego, mas não é um nem outro, é o MAR. Além do mais, não se vai pra praia de salto alto e bolsa. Bota uma sandália e leve uma toalha com você.

Ela ficou me olhando calada, como sempre, mas depois de algum tempo me perguntou:

— O que tem debaixo dele que ele bole tanto?

Continuando nossa viagem, Josefa foi pro Rio de Janeiro conosco. Aí arranjou um namorado e foi morar com ele. Soube depois que tinha tido dois filhos e que nunca mais voltou pra Goiás. Depois perdi o seu rumo. Aliás, todos os dias perdemos alguém, por desencontro por um só olhar. Não é sempre assim?

29

Universos e palavras

quantos universos existirão depois deste?
depois deste são os buracos negros e muito mais
é o não saber
é a matéria escura que está por toda parte

somos assim: brilhantes por fora translúcidos por dentro
somos pouco iluminados nas nossas entranhas
seres convencidos da sua relação cósmica

na nossa casa chamamos os amigos
servimos o vinho
escutamos músicas e nos vangloriamos dos nossos feitos

atiramos os cigarros pela janela
arrotamos o jantar mas mesmo assim nos achamos belos
e nos entreolhamos em busca de alguma aprovação

depois a casa fica vazia deserta sem vida
os objetos perdem as cores
e nós todos que saímos daquele lugar
esperamos algumas palavras que nos deem alguma resposta

30

Muitas cabeças juntas, com muitos sentimentos, não podem dar certo

A festa tinha começado, mas eu já estava tendo problema há uma semana com Kátia. Essa minha amiga, quando ficava atacada, era difícil de controlar.

Era um dia que resolvemos comemorar alguma coisa, não tinha importância o quê, o fato assim de podermos nos encontrar uns com os outros era o bastante. A casa era grande, mas Kátia resolveu convidar quase todo o Rio. Começamos a beber.

A festa rolava sem incidentes. Nem parecia que tinha tanta gente, pois várias pessoas chegavam, saíam e voltavam num movimento sem fim. Mas Kátia tinha me reservado uma surpresa. É que ela pensava em ficar sempre comigo, mas não dava, nossa amizade era muito maior que qualquer coisa. Para a surpresa e aprontação, ela roubou fotos do meu arquivo pessoal, onde eu tinha imagens de inúmeras mulheres: umas fotografadas profissionalmente e outras de forma amadora, como minhas amigas e namoradas. Colocou tudo num DVD e ficou aguardando algum momento dentro da sua cabeça. Junto disso, ela convidou várias ex-namoradas minhas, que começaram a chegar.

Com música alta, temos que falar mais alto para sermos escutados, e assim sempre o barulho aumenta, e a festa ia por aí. Comecei a achar esquisito muitas ex-namoradas juntas com mais duas ex-mulheres, todas lá, fingindo um convívio pacífico. De repente eu me senti agarrado no corredor e puxado pra dentro do banheiro. Era Nina, que me dava um chupão daqueles, não podia reclamar, era ótimo, e além do mais eu tinha sempre saudade dela; tínhamos namorado um bom tempo. Continuou me agarrando e me levou pro chão, deixei, e trepamos ali mesmo, já um pouco bêbados e sem trocarmos nenhuma palavra.

Estava de volta à sala, e Sílvia me fuzilava com os olhos, pois tinha visto Nina me arrastando pro banheiro. Nina, para provocá-la, colocava um dedo na boca e fechava um dos olhos pra dizer que tinha me chupado. É que isso, além da chupada, tinha o significado de um detalhe diferente do meu pau. Minha amiga Kátia tinha inventado esse gesto e sempre o espalhava pras minhas namoradas. Mulher é sempre um perigo, e Kátia não ficava nada a dever. Ela tinha criado o gesto pra dizer que eu tinha um pau zarolho, e era assim: um dedo na boca e um olho fechado. Todas sabiam que um dia eu já tinha trepado com Kátia, mas nenhuma se importava, pois tinham certeza de que era coisa do passado.

Sílvia continuava muito brava com Nina, que continuava com o dedo na boca e o olho fechado, provocando. Sílvia ganhou a apoio de Sandra e de Glória. Só que aí Kátia, que já tinha percebido tudo, ligou o DVD que ela tinha preparado, e as imagens foram surgindo. Mulheres e mais mulheres, entre elas várias presentes. Quando vi aquilo, não pude mais evitar nada, já tinha sido dado o *start*. Sílvia catou Nina pelos cabelos, e rolaram pelo chão. Ninguém entendeu direito o que estava acontecendo, mas eu só via a porta de saída e me mandei. Passei por minha irmã, que estava por ali, e disse: "Toma conta de tudo pra mim que tô indo embora. Tire Kátia daqui que eu não quero vê-la nunca mais." Ainda olhei pra dentro e vi que a confusão já envolvia todas as minhas ex. Saí, peguei meu carro, e fui em direção a Copacabana. Estava perturbado e puto da vida com Kátia.

Quando estamos sós, podemos reorganizar nossa cabeça rapidamente e melhor.

Minha raiva de Kátia foi passando e comecei a rir sozinho. Parei no Posto 6, saltei e entrei num bar. Pedi uma dose de uísque e fiquei ali pensando no ocorrido. Demorou um tempo pro celular me chamar. Era Kátia chorando e implorando perdão. Perguntei:

— Minha casa tá em ordem ou toda quebrada?

— Tá em ordem. A festa terminou junto com a briga — falou.

— Então vá à merda — desliguei o celular.

Ia dar um tempo com a Kátia, mas sabia que ainda voltaria a estar com ela. Sempre era assim, loucura, afastamento, fim da amizade e retorno.

Continuei ali no bar bebendo sozinho, até que uma putinha sentou na minha mesa de frente pra mim. Deixou a alça da blusa cair e perguntou:

— Tá sozinho meu bem?

— Tô.

— Não quer passar a noite comigo?

— Por que não?

Pegamos o carro e seguimos pro centro da cidade, estava indo para um motel que eu conhecia muito bem. O manobrista era meu amigo, eu deixaria meu dinheiro e cartões trancados no porta-luvas do carro. Assim não seria roubado, e poderia dormir sossegado depois de foder a putinha bastante. Aliás, ela não era de se jogar fora.

31

Os planetas são como as impressões digitais, nunca se repetem. Não há opção, você vai ter que respirar o ar deste aqui até o fim

Johny namorava minha amiga Elizabeth. Ele a tinha salvado algumas vezes do suicídio. Desta maneira gostava dele, e conversávamos sempre, durante muito tempo.

Johny tinha um sonho: queria ser outra pessoa, trocar de identidade e sumir.

No meio das nossas conversas, ele me falava:

— Se eu puder, algum dia trocarei de nome — ria falando isso.

Johny estava sempre nas festas, reuniões e exposições. Era alegre e levantava o astral de Elizabeth; tirando da cabeça dela a ideia do suicídio.

Um dia vendeu seu apartamento em Ipanema, juntou todo seu dinheiro e se mandou pro Mato Grosso. Lá, comprou uma fazenda de gado perto do Pantanal, e todo o seu negócio começou a dar certo. Pediu Elizabeth em casamento, e ela foi pra lá.

Algumas vezes Johny e Elizabeth vinham ao Rio. Numa dessas vindas, realizaram uma cerimônia de casamento para os amigos participarem da união deles. Distribuíram um cartão dizendo assim: "As portas da praia do Mar de Xaraiés estão abertas a todos vocês." Para quem não sabe, esse mar supostamente existiu há milhões de anos, antes de os Andes crescerem e isolarem o Pantanal do oceano.

Resolvi uma vez visitá-los. O lugar era lindo e perfeito. Elizabeth já era mãe duas vezes, e Johny era só orgulho.

Passou bastante tempo, seus filhos já estavam maiores, mas aí pintou a seguinte história:

Johny vendeu metade do seu rebanho de gado, a outra metade manteve na fazenda. Começou a sair toda manhã pra cidade, coisa que não fazia jamais.

Num certo dia, pegou o seu caminhão e foi numa hora pouco usual à casa de um amigo. Tudo ficou estranho, pois Johny nada falou, só ficou ali e depois foi embora. No banco da cidade deixou metade da sua conta pra sua família. O caminhão, ele o estacionou na frente da rodoviária e desapareceu. Nunca mais foi visto. Lembrei: "Se puder, um dia trocarei de nome."

Tempos depois recebi notícias de Elizabeth. Ela não se matou. Estava tocando os negócios na praia do Mar de Xaraiés e continuava uma busca permanente sobre o paradeiro de Johny.

Sempre me lembro do filme de Antonioni, *Passageiro: Profissão Repórter*, quando penso em Johny. Não tenho opinião de como se possa viver com uma nova identidade, mas diferentemente do personagem do filme, provavelmente Johny está agora vivo, trocando de identidade quase sempre para nunca ser descoberto.

32

**Coisa mais estranha do mundo.
Estando numa praia com milhares de mulheres, de repente — e não é aquela da beleza mais óbvia —, olho pra uma perdida na profusão delas, e o pau fica duro**

Ela usava óculos escuros de lentes bem redondas, o cabelo louro escorrido sobre os ombros brancos protegidos do sol por um chapéu de abas largas. Tinha quase minha idade, porém uma cara de muito mais responsável que eu. Ela estava ameaçando ir embora daquele calor quase insuportável do meio-dia do verão do Posto 9. Fiquei olhando. Nada me parecia coerente. Branca no verão sem cair na água, aflita pelo calor, sem tomar nenhuma cerveja. Fui lentamente me chegando e perguntei:

— Quer um gole desta cerva?

— Não — respondeu.

— E um mate, posso pedir?

— Só se for light.

— Dá um mate aí! — gritei.

Ela abriu um sorriso, pois não havia nenhum vendedor por perto. Tinha acabado de me aproximar dela.

— Tá um calor insuportável. Que tal sairmos, descermos a Vinicius, entrarmos no primeiro bar e pedir um chope e esperar essa lua diminuir? — perguntei.

— Tá bom. Vamos.

Ela se chamava Karen. Começamos a conversar nessa tarde nesse bar da esquina com a Prudente de Morais, o Garota de Ipanema. Ali tinha sido o bar Veloso, onde se conta que Tom e Vinicius fizeram a canção "Garota de Ipanema" e aí o bar passou a ter o nome da música.

Karen fazia cinema, pelo menos pretendia, já tinha realizado muitas experiências em Super-8. Queria estudar em Cuba na recém-criada Escola de Cinema. Tinha planos, porém eu não achava que ela fosse conseguir morar na ilha de Fidel. Karen era uma garota do Leme muito sensível e qualquer dificuldade pra ela era um enorme desconforto. Tinha nascido rica numa família judia. Eu a achava linda.

Essa sua origem me remetia à minha prima. É que meu tio um dia se casou com uma judia, se converteu ao judaísmo e montou uma família. Daí seus filhos, meus primos judeus, fizeram, na minha infância e adolescência, parte da minha vida, em especial a minha prima Ludmila, que tinha sido minha namorada. Com ela aprendi uma visão de mundo bem diferente, quero dizer, uma visão lá do fundo da alma onde as imagens brotam de uma forma muito mais abstrata, sem as imagens quase concretas da minha formação cristã. E um humor muito diferente, peculiar e ferino. Assim, com esse ramo familiar, acompanhei algumas vezes o Yom Kippur e me deliciei com as comidas, principalmente com os doces tão belos e elaborados.

Karen era luminosa, uma vida inteira pretendida a se dedicar ao cinema. Comecei a levar ela pra conhecer um Rio de Janeiro muito diferente da sua vivência. Era assim: bares, rodas de samba e pagodes, que os meus amigos produziam e tocavam. A umbanda lhe foi apresentada. Uma vez subi com ela o morro, e meu amigo Dinho, habitante do Santa Marta, nos acompanhou, e passamos o dia lá.

Karen se encantava com tudo, e começamos a nos ligar bastante.

— Luiz, vou fazer um curta, e você será o personagem — me disse ela um dia.

— Karen, não tenho riqueza bastante pra me tornar um personagem.

— Pra mim, tem.

Karen já estava escrevendo um roteiro, que era um percurso pelo Rio de Janeiro. Sua ideia era filmar tudo e editar o material em Nova Iorque.

— Por que Nova Iorque?

— Porque assim me desloco no espaço, vou para outro mundo real e, com distanciamento, faço um trabalho melhor.

Que argumento posso ter diante disso? — pensava.

A filmagem começou, tinha vários atores, um não lá essas coisas me representava. Achava que não ia dar certo. Mas o filme foi andando e percorrendo quase todos os lugares que eu tinha levado Karen. Na realidade, a história acabava sendo o nosso encontro, desde a praia até um momento que ela determinou como fim. O material bruto já estava todo na mão dela. Mas aí pintou uma coisa: minha ex-namorada, em quem eu era muito amarrado, começou a dar em cima de mim outra vez. Karen ficou puta, e começou a me dar o maior gelo e parou de dar pra mim. Que saco.

Karen foi pra Nova Iorque sem falar comigo e foi ficando por lá. O filme ficou pronto. Eu estava com a maior curiosidade de vê-lo, mas ela mantinha silêncio. Sempre que eu lhe telefonava, ela atendia educadamente, mas depois nosso papo degringolava.

— Você não vai ver este filme nunca — falava raivosa, pois sabia que eu continuava com minha ex-namorada.

Tempo se passou, e Karen apareceu pelo Rio de Janeiro um dia. Nos encontramos, até que foi bom, mas o filme eu não vi.

Karen foi lentamente indo mais do que vindo de Nova Iorque. Continuou trabalhando com cinema, fez alguns filmes ainda, estudou muito e se tornou uma teórica no assunto. Continuou morando por lá e abandonou de vez o Rio de Janeiro. Começou a dar aulas numa universidade e algumas vezes me dá notícias por e-mail. Quanto ao seu primeiro filme, do qual sou o personagem principal, este nunca foi visto por mim nem por nenhum amigo meu. Isso é muito radical. Desisti.

33

Caramba! Muitas ideias não dão em nada, uma só é o que basta

Catão tinha pensado que poderia construir uma máquina de voar a partir de um princípio por ele sonhado. É claro que precisaria de muitas peças e novas ferramentas. Ele sabia que seu nome, Catão, significava "aquele que mergulha profundamente em tudo que lhe interessa", então teria que fazer jus com determinação ao seu nome de batismo.

Ele morava numa região montanhosa no interior do estado do Rio, um pouco mais pra dentro de Friburgo. Eu o conheci numa manhã de pouco sol e alguma neblina, quando visitava uns amigos compadres, que diziam:

— Vivemos na roça e somos felizes. Não precisamos de nada a não ser dos nossos braços e da nossa vontade de viver.

Esses meus compadres, Rosa e Sebastião, já haviam me contado sobre Catão e suas ideias estranhas; queria conhecê-lo. Então me levaram para ser apresentado a ele.

Sua casa estava bem no cume de uma colina. De lá podia se avistar todo o vale à sua frente. O caminho da estrada até sua casa estava repleto de objetos estranhíssimos, como por exemplo: lagartos dentro de garrafas com álcool, que por sua vez estavam incrustadas em blocos de concreto com dizeres "Uma ode à eternidade". Caminhos que davam em escadas que não davam em lugar nenhum. "Sonhos representados" estava escrito no primeiro degrau de cada uma das escadas. Potes de barro com diversas formas, todos lacrados e rotulados com a palavra "Segredos", pintada em cada um. Algumas máquinas sem compreensão da sua utilidade, e junto à sua casa uma torre com uma luneta no alto. Ao seu pé estava escrito "Homenagem a Galileu".

Catão me recebeu muito bem e começou a falar:

— Se foram seus compadres, e meus amigos, que te trouxeram aqui, seja muito bem-vindo.

— Obrigado — respondi.

— Esses seus compadres nunca ficam muito comigo, acho que têm medo do que faço. Mas você vai almoçar na minha casa hoje. Além do mais, essa máquina fotográfica que você tem a tiracolo vai ser de muita valia. Vamos fotografar tudo que tenho aqui, pois penso em fazer um livro dos meus pensamentos e invenções.

A minha comadre Rosa riu e falou:

— Catão, eu trouxe o Luiz aqui porque ele é mais maluco que você. Acho que vocês vão se dar bem.

— Rosa — falei —, pode me deixar aqui com Catão. Só volte mais tarde pra me pegar, pois quando escurecer não vou achar o caminho de volta.

Dentro de sua casa, livros e revistas enchiam as estantes, a maioria era do tipo *Ciência Ilustrada*; poesia, qualquer uma, e arte, também qualquer. Ele pensava sempre em ciência, poesia e arte à sua moda é claro e se autointitulava um Cientista Visionário. Catão, agora com uns setenta anos, era aposentado; tinha sido mecânico de máquinas pesadas, tipo trator, empilhadeira, retroescavadeira etc. Colocava todo seu dinheiro em suas pesquisas e delírios poéticos.

Fiquei lá conversando e passeando entre as ideias e invenções de Catão.

Foi aí que ele começou a falar da máquina de voar por ele planejada.

— Olha, existe um "fluxo flutuante" nos céus, ou melhor, no espaço sideral, que de tanto em tanto penetra a atmosfera e raspa nossas cabeças sem nós percebermos. Dentro do meu barracão, tenho vários ímãs e um eletroímã que uso com a eletricidade do gerador da roda-d'água que criei. Já consegui medir este "fluxo" e estou criando um padrão para saber quando e onde vai acontecer o próximo. Vou te pedir: vai fotografando tudo, que pra mim é muito importante ter isso tudo documentado.

Diante de tal loucura, comecei a fotografar, e então entramos no barracão da experiência do "fluxo flutuante". Tudo era meio marrom, um caos, não dava pra ver os objetos direito, tudo misturado, só claramente um computador muito antigo, ligado a uma bateria, estava na contraluz da janela. Mas, no fundo, algo de muito bonito ocorria ali.

— Luiz, vou te chamar só de Luiz; nada de senhor. E você me chama só de Catão, tá bem?

— Tá bem.

— Olhe, vou precisar de algumas ferramentas novas pra seguir em frente com meus experimentos. Preciso de uma furadeira possante, de um conjunto de chaves de fenda, de boca e de estria, tudo novo, mas o fundamental é uma ferramenta eletrônica, um cérebro eletrônico.

— Ô Catão, cérebro eletrônico é uma forma antiga de falar computador.

— Não, é cérebro eletrônico mesmo. Pois vai ser colocado no lugar da cabeça da minha máquina.

— Não estou vendo sua máquina.

— Nem pode ainda, não está construída. Só tenho o projeto e as medições do padrão magnético do "fluxo". Vou te mostrar.

Catão puxou vários papéis de uma gaveta e colocou na minha frente. Ali estava muito bem desenhada a curvatura da Terra, com um gráfico do tal "fluxo flutuante" que vinha direto sobre o mapa do estado do Rio. A seguir, outro desenho mais próximo, como num voo de aproximação sobre Friburgo, e mais um outro desenho marcando com um xis a casa dele no mapa. Seguia a tudo isso o desenho da máquina de voar, que era na verdade um grande bloco de granito com uma estrutura de ferro onde se via, preso a ela, um computador. No meio do bloco de granito havia um furo onde estava escrito: "eletroímã". Tudo muito racional e explicado.

— Olhe, o bloco de granito é o corpo da máquina. Ele é furado e terá um eletroímã dentro, que estará ligado ao cérebro eletrônico e será alimentado pelo gerador elétrico. Este cérebro, é claro, é a cabeça, e indicará, a partir do magnetismo, o momento que o "fluxo flutuante" passará sobre nós; então ele ligará o eletroímã, que impulsionará o bloco de granito para o alto. Aí tudo começará acontecer. O cérebro estará programado para ler o magnetismo e aí seguir o "fluxo flutuante", que, uma vez contatado, alimentará de energia todo o mecanismo, não precisando de nenhuma outra carga elétrica. Assim, quando a máquina ganhar altura, o fio conector se romperá, e será desligada a carga do gerador e o eletroímã seguirá, com a energia do "fluxo"; isso será suficiente para levar o bloco de granito ao espaço sideral, de onde partiu o "fluxo flutuante".

— Catão, esse bloco de granito não é muito pesado pra voar?

— Não, Luiz, é exatamente o contrário quando se fala do "fluxo flutuante". Quanto mais pesado melhor, pois é o contraponto de energia do "fluxo". Calculo que pegamos o peso do eletroímã, multiplicamos por 100 e teremos o peso do granito. Aliás, é fundamental que seja granito, pois é formado basicamente de quartzo, o elemento mais combinante com o "fluxo".

— Então por que você não usa quartzo puro?

— Não resistiria à pressão do eletroímã dentro dele. Iria se partir em pedaços.

Fiquei ali com Catão, escutando seu projeto e suas loucuras, as horas se passaram, e aí minha comadre Rosa voltou com uma trouxa nas mãos.

— Luiz, aposto que você não comeu nada — falou Rosa.

— É mesmo! — falou Catão, pondo as mãos na cabeça.

— Esse daí um dia vai morrer de fome — continuou Rosa, abrindo a trouxa que trazia cheia de alimento. —

Tenho que trazer sempre comida pra ele. Quando ele disse que você ia comer aqui, tive vontade de cair na risada.

Catão ficou muito sério, e seu olhar se perdeu no horizonte. É que ele queria passar um ar de muita sobriedade, e minha comadre estava brincando com ele.

Comi na cozinha da casa de Catão, também ali existiam muitas invenções, como o liquidificador manual e a geladeira que funcionava a calor de um painel solar ou a querosene ou a vela ou a uma resistência elétrica ligada ao gerador da roda-d'água, uma traquitana só. Mas o mais interessante era a canaleta de ovos; é que o galinheiro ficava próximo da casa, e quando as galinhas botavam os ovos, estes vinham rolando por uma canaleta e paravam bem perto da pia. Tudo ali era imaginação, encantador e extremamente fascinante.

Durante todo o dia que passei lá, fotografei tudo. Uma vez de volta ao Rio, processei esse material e enviei pra Catão. Não recebi nenhuma resposta. Tempos depois lhe enviei também as fotos do trabalho que fiz impregnado por suas ideias de voo, ao qual dei o título de "Máquina de Voar", uma instalação pictórica que mostrei no Museu de Arte Moderna. Aí Catão me mandou um bilhete escrito assim: "Espero que sua máquina tenha voado na mente e no coração de todos, pois a minha ainda não voou, mas irá voar em breve."

Catão continua vivendo por lá, na sua colina, e é sem dúvida um grande sonhador, e até um bom e verdadeiro artista, mas de cientista não tem nada, a não ser o delírio de ser um cientista visionário.

34

As coisas neste mundo não obedecem a lógica nenhuma. Estranhos acontecimentos nunca podem ser verdadeiramente explicados

Estava chegando no meu ateliê, que ficava numa pequena praça no bairro do Jardim Botânico. Uma multidão se aglomerava e gritava aturdida:

— CALMA! NÃO FAÇA ISSO! NÃO PULE.

A situação era a seguinte: um sofá pendurado num cabo de alta-tensão, roupas e mais roupas espalhadas pelo chão da rua, um guarda-roupa espatifado bem na frente da portaria do prédio, e ele, o autor de tudo, nu, com a bunda pra fora da janela do quarto andar, e gritando:

— QUEM QUER COMER MEU CU? QUEM QUER COMER MEU CU?

Era Albert, um ator conhecido meu. Estávamos sempre juntos em festas, eventos, peças de teatro e exposições. Como eu possuía um ateliê no prédio que ele morava, sempre nos visitávamos.

Albert era gay e ficou louco naquele dia quando descobriu que estava com Aids. Ele transava, até então, como todos nós, sem a menor preocupação.

Os bombeiros chegaram, arrombaram a porta da casa de Albert e o levaram pro hospital.

Fui visitá-lo alguns dias depois. Ele estava com os olhos perdidos, não tinha mais razão para viver.

— Meus dias estão contados — falou. — Sabe o nosso porteiro, o Raul? Transei com ele. Também tá fodido. Sabe o Tarciso? O Miguel? O Olavo? Todos fodidos e mortos dentro de alguns dias.

Era final da década de 1980, essa porra dessa doença estava levando dezenas de amigos e milhares de pessoas embora. Parecia um castelo de cartas desabando. Tristeza e dor, e eu, hétero, também não me pensava imune. A partir daquele momento, depois e sempre, só com camisinha.

Lembro bem que, dos meus conhecidos, Albert foi o primeiro. Depois de alguns anos, uma esperança de salvação, o COQUETEL.

Nem sei por que estou narrando esta merda. As lembranças das perdas são enormes. Mas uma lembrança me passa como algo da maravilhosa engenhosidade humana, esse drible no vírus. Na época, eu era diretor da Escola de Artes Visuais do Parque Lage, quando de repente entrou na minha sala, sem aviso nenhum, Roberto, um escultor amigo meu, que aos gritos falava:

— Estou vivo, não morrerei jamais. O coquetel zerou minha contagem de vírus.

Ora, e nem tinha passado uma década desde a tragédia com Albert.

Apesar de tudo, estamos vencendo. Acho.

35

Remotas planícies
Coordenadas perdidas
Paisagens nunca vistas
Paisagens imaginadas

Vivo numa rocha misturada com água que rola em volta de uma bola de fogo. Agora dizem que sou formado praticamente por bactérias. Só posso ficar pensando que tem alguém querendo me sacanear.

Todas as coisas são assim, sem lugar nenhum. Todos estamos no mesmo barco como semideuses sujeitos à morte. Nada te espera do outro lado a não ser um infinito não desejado. Somos como leões famintos devorando a mesma espécie. Casulos e asas de borboletas. Adagas cortantes de um desejo louco por ela ou por ele sem nada para explicar tal coisa. Tudo é reflexo de planos virtuais, animais desabrochados pela câmera do pintor. Todas as coisas possuem um número maior de opções do que aquelas que nos são dadas. Os estudos nos revelam tão ínfima parte de alguma verdade que seria melhor cairmos num abismo. Voos sem padrões de coordenadas é bem melhor que uma ida segura a Alfa-Centauro. Sons se desprendem de uma garganta. Músicas se desprendem de uma garganta. Gritos de amor e desespero se desprendem de uma garganta. Falar sobre a verdade é brincar com as tardes de domingo. Construir casas nos leva ao pôr do sol tão sonhado. Se formos caminhando, encontraremos rastros de animais perdidos. Todas as coisas estão lá. Eu estou lá. Você certamente espera alguém para jantar. As paredes brancas emitem um som agudo, e seus ouvidos só escutam melodias. Brancas tardes de poente vermelho e um pouco mais acima tudo se torna escuridão. É o cosmos. Nada mais a dizer de coisa alguma. Nada mais a dizer de mim ou de você.

36

Espero que você tenha gostado de ontem. Aliás, foi bem melhor que anteontem. Mas o bom mesmo está sendo hoje, aqui e agora, com esses beijos na boca

Alzira entrou no quarto, e eu estava lá de camiseta e sem sunga com o pau pra fora. Ela disse:

— Adoro pau mole, fico olhando e sabendo que ao menor toque ele vai endurecer e aí vou poder sentar, cavalgar até ele gozar e depois tocar uma siririca até me derreter toda.

Era assim. Alzira já entrava provocando, falando do meu pau na terceira pessoa, como uma entidade especial — ELE —, o que me dava enorme tesão. Ela era minha diarista. Meus amigos diziam pra eu tomar cuidado. Mas que cuidado? Solteiro, e muitas vezes sem nenhuma namorada, me agarrava nela. E ela ainda tinha uma voz maravilhosa e cantava muito bem.

— Ô Luiz, me inscrevi num programa de calouros na TV Bandeirantes, a Band, e já passei nos testes.

— Como assim Alzira, teste pra calouros?

— É, agora é assim; não é como antigamente, quando havia o Chacrinha na Globo, que só gostava de zoar os calouros. Agora a gente faz o teste, e se passar tem direito até a ensaio.

— E o seu repertório, qual vai ser?

— Vou começar levando um fado da Amália Rodrigues e depois entrar num samba do Lupicínio Rodrigues, tudo só dor de cotovelo. Aliás, foi o Lupicínio que inventou esse termo. Quero me exibir e mostrar que sei cantar.

Alzira era assim: muitas vezes ela me comia, às vezes eu a comia. Cantava e ainda tinha cultura musical. Lia muito sobre isso, e eu gostava.

Um dia comecei um caso com uma garota meio socialite, Beth. Morena muito magra com um sorriso sempre estampado na cara; seria melhor dizer no rosto. É claro, *socialite* não tem cara, tudo é só rosto maquiado e retocado sem parar. Mas que são bonitas, isso são.

Beth começou de leve frequentando minha casa, e começou a gostar de ficar por lá. Beth sempre cheirosa, gostava de conforto, e isso minha casa tinha bastante. Meu namoro com ela começou a se prolongar, e de repente uma camiseta, uma calcinha, um sutiã foram sendo deixados, assim como roupas mais complexas, nos armários e guarda-roupas. Alzira, minha diarista, nada falava. Ela costumava ser discreta quando eu estava namorando alguma garota. Porém com Beth foi diferente, começaram a ficar amigas. Comecei a ficar intrigado.

— Alzira, o que é que vocês tanto falam pelos cantos da casa?

— Coisas de mulher.

Deixei pra lá.

O papo entre as duas era prolongado e interminável, e Beth ganhando espaço na minha casa. De repente estava de posse da chave. Era assim nos dias que Alzira trabalhava: Beth conversava mais com Alzira do que comigo.

Tudo bem — pensava.

— Luiz, essa sua empregada é muito legal, além de bonita.

E era verdade. Alzira era especial Mas agora com uma namorada, não mais a comia, e ela também não reclamava. Pra mim, tudo perfeito.

Algum tempo se passou e então algo inesperado aconteceu.

Cheguei em casa um pouco mais tarde e vi luzes acesas na sala e no meu quarto. Entrei e encontrei as duas — Beth e Alzira — na minha cama, nuas e com cara de que já tinham gozado bastante. Estavam rindo e olhando pra mim sem demonstrar a menor surpresa pela minha chegada. Estavam ali como se estivessem me esperando há muito tempo. Algumas garrafas de vinho estavam jogadas pelo chão. As duas estavam totalmente de porre.

— Luiz, meu amor, venha ficar conosco — falou Beth.
— Já sei de tudo. Alzira me contou que você come ela quando tá na pior.

Puta que pariu — pensei. Aliás, foi o único pensamento que me veio à cabeça: Puta que pariu.

Sentei na poltrona de frente pra cama e pras duas, peguei uma garrafa de vinho aberta e virei no gargalo. Beth se levantou, me pegou pela camisa e me puxou. A sacanagem rolou solta, junto com vinho, risos, brincadeiras e várias gozadas. Bebemos muito mais e apagamos. Pela madrugada acordei e não encontrei Alzira na cama, Beth estava deitada no chão enrolada num lençol debaixo do ar-condicionado; dormia profundamente. Levantei, fui até a cozinha, catei uma garrafa d'água na geladeira e bebi inteira. Fui melhorando do porre, eu não tinha bebido tanto quanto elas. Deitei no sofá da sala, fiquei por ali e apaguei. Pela manhã escutei a porta dos fundos fechando e pensei: Alzira tá indo embora. Apaguei de novo no sofá e só acordei com Beth chorando lá no quarto.

— Não chore, Beth, já aconteceu tudo. Afinal não é o fim do mundo — falei.

Não adiantou nada, Beth chorava sem parar. Nada a consolava e também Beth nada falava, só chorava. Passou muito tempo assim, até que ela levantou, tomou uma ducha fria e, ainda muda, se mandou porta afora. Pude descansar.

Dias se passaram, fiquei na minha, aí o telefone tocou. Era Alzira.

— Luiz, tô com uma vergonha danada.

— Ô Alzira, para com isso e vem trabalhar. Tô precisando de você.

— Só depois que a vergonha passar.

Alzira ainda ficou umas duas semanas sem aparecer, até que por fim voltou. Começou a trabalhar novamente como se nada tivesse acontecido. Arrumava a casa, lavava a roupa e preparava minha comida e cantava, é claro.

Tempos depois Beth aproveitou um momento que eu não estava em casa, passou por lá, pegou suas coisas e deixou a chave e um bilhete, que tentava dizer alguma coisa, e dar alguma explicação pro ocorrido. Rasguei o bilhete. Já não tinha a menor importância, pois afinal Alzira tinha voltado e, lá da cozinha, cantava: "Eu agora sou feliz / Eu agora vivo em paz"...

E continuava cantando.

E em cima da mesa um convite pro programa de auditório, onde ela se apresentaria dali a um mês.

37

Não é saudade, é tristeza mesmo

A Honestino Guimarães

Era uma festa sim, apesar dos duros anos que vivíamos na ditadura militar.

Estávamos todos tomando cerveja e Laura e Cristiano se divertiam pra valer. Eu e Carmem, apaixonados um pelo outro, continuávamos ali escutando Beatles e bossa nova.

Laura era minha amiga e de Carmem. Cristiano tinha construído uma amizade comigo dentro do campus da Universidade de Brasília. Ele nesta época, já era um líder estudantil. Um dia apresentei um ao outro — Laura e Cristiano —, e eles começaram a se gostar.

Todas as coisas eram assim, simplesmente sonhadas. Não tínhamos certeza de conseguir realizá-las. Ir até a esquina era correr enorme perigo junto com os sonhos.

Cristiano foi preso a primeira vez sob acusação de instalar na Universidade células comunistas. Depois de muita dificuldade, foi solto. Aí resolveu se casar com Laura. Dia e hora marcados, porém novamente ele estava sendo procurado pelos militares.

Nessa época eu tinha um táxi, para defender alguma grana pra financiar meu trabalho de arte. Clandestinamente eu já pertencia a um grupo que lutava contra a ditadura militar; atuava junto com Cristiano. Os militares cercaram a universidade para efetuar a sua prisão durante seu casamento. Com meu táxi e tudo programado, entrei na universidade como se estivesse realizando um trabalho de transporte para alguém. Peguei Cristiano e, como conhecia bem o terreno, saí com ele da universidade por trilhas de terra na beira do lago. Era noite, o carro de farol apagado e nós dois congelados pela apreensão de sermos pegos. Uma vez alcançado o Eixo da Asa Norte, rumei pra casa do deputado Martins Rodrigues, que já tinha sido por mim contatado e nos aguardava. O deputado Martins Rodrigues era na época secretário do MDB, partido da oposição. Foi preso em dezembro de 1968, quando também teve seus direitos políticos cassados.

Estou narrando o ocorrido ainda nesse ano de 1968 e um pouco antes de dezembro, quando aí tudo piorou com o AI-5. Então, eu e Cristiano, chegamos na casa do deputado. Usando um carro da Câmara dos Deputados, Martins Rodrigues e Cristiano atravessaram a divisa do Distrito Federal com Goiás. A divisa era muito policiada. Eu os fui seguindo até Goiás; então peguei e levei Cristiano pra fazenda da família de Laura. Ele ficou lá escondido, e eu voltei pra Brasília, pra festa do seu casamento, que foi efetuado por procuração. Lembro perfeitamente de Laura muito elegante, de branco, bebendo vinho e abraçada comigo e minha namorada Carmem, festejando o casamento e a fuga de Cristiano.

Laura e Cristiano tiveram uma filha muito parecida com o pai. Hoje está aí casada e tem um filho. Todos lindos, como lindas pessoas que são.

Em 1969, saí de Brasília de vez, voltando a morar no Rio de Janeiro. Nessa época, estava totalmente ligado ao meu grupo que lutava contra a ditadura militar; eu possuía o codinome de Celso. No Rio comecei a organizar reuniões, é que conseguia com minha aparência de "conde" — segundo a opinião dos meus companheiros — alugar, com documentos falsos, apartamentos por temporada, onde aconteciam essas reuniões. Fiz isso várias vezes.

Alguns anos transcorreram, vários companheiros foram presos e desapareceram, estava cada vez mais perigoso. Recebia às vezes telefonemas do Cristiano, e foi num dia desses que aconteceu o diálogo e o encontro:

— Luiz, sou eu, o Cris — era assim que o chamávamos. — Me encontre no local marcado.

Como sempre, fui encontrá-lo no largo do Machado, perto de um orelhão na esquina com a rua Machado de Assis; nos abraçamos.

— Cris, o quê que você tá fazendo por aqui?

— Queria te ver Luiz, matar a saudade e dizer pra você parar de trabalhar com qualquer atividade dentro do nosso grupo.

— Por quê?

— Estamos com desconfiança de gente infiltrada, tá ficando perigoso. Além do mais, você tá aparecendo muito nos jornais como artista, e sua cara tá ficando conhecida.

— Olha, Cris, se isso é uma ordem, eu também tenho uma pra você. Vá pra fora do Brasil, que o cerco tá fechando sobre todas as cabeças, e você é a principal delas.

— Não dá Luiz, não conseguiria viver por lá.

Ficamos ali parados olhando um para o outro. Era o ano de 1973.

— Só nos encontraremos outra vez depois que tudo isso acabar — falou Cristiano. — E você lembre-se, está proibido de continuar atuando. Vá se dedicar à sua arte, isso irá nos ajudar mais.

Não mais vi Cristiano. Ele foi pego e assassinado pela ditadura militar. Seu corpo nunca foi achado. Só em 1996 foi reconhecido oficialmente morto.

Ainda em 1973, realizei um trabalho com projeção de slides e som, um audiovisual sobre os desaparecidos, e em 1975 mostrei este trabalho na Bienal de Paris. Na época o título do trabalho ficou como Natureza ou Besame Mucho. Natureza das coisas e Besame Mucho como o bolero que todos nós daquela geração dançávamos nos bailes e nas festas. O audiovisual retratava um assassinato ao som desse bolero, tocado por Ray Conniff. Aos Desaparecidos foi o título original, que só pôde ser dado a partir do fim da ditadura militar no Brasil. Mas lembro que durante a apresentação do trabalho em Paris, a rádio de Moscou quis me entrevistar e aí me recordei: "...lembre-se, está proibido de continuar atuando. Vá se dedicar à sua arte, isso irá nos ajudar mais... sua cara tá ficando conhecida."

Ele tinha toda razão; no dia seguinte àquele em que fui procurado pela rádio de Moscou começaram a aparecer homens de terno preto e óculos escuros no meu estande de exposição. Nenhum deles tinha cara de francês.

— É meu amigo, onde você estiver, este trabalho da Bienal de Paris é dedicado a você.

"Os poderosos podem matar uma, duas, até três rosas, mas nunca deterão a primavera" — ele dizia.

38

Desvio por um atalho

Estava ali, naquela tarde, sentado naquele bar com Carmem, que já não era minha mulher nem namorada. Já tinha passado muito tempo da nossa separação, mas sempre amigos ainda hoje. Quando ela entrou, magra jovem alta de pele muito branca cabelos curtos negros e olhos faróis azuis, sentou conosco; era amiga de Carmem.

— Lícia, este aqui é o Luiz, meu ex.

Lícia estendeu a mão, e nos cumprimentamos. Ela era jornalista do *Correio Braziliense*. Eu estava ali na "Nova Capital" outra vez visitando amigos deixados lá depois do meu retorno pro Rio de Janeiro. Ela pediu bebida pesada e começou a falar do fim do caso dela com uma namorada que não lembro o nome.

Tão linda e sapatão, não tenho chance — pensei.

Carmem e Lícia se entendiam muito bem, falando dos mesmos lugares e de pessoas já tão distantes pra mim, habitante agora de outra cidade. Não morava mais ali, não era mais dali. Ficamos juntos bebendo no bar. Eu olhava pra Lícia, e cada vez mais seu olhar cruzava o meu. Carmem começou a não gostar muito, se levantou, pediu sua conta, pagou e foi embora com uma desculpa. Ficamos nós dois — Lícia e eu.

— Por que Carmem saiu assim de repente? — perguntou Lícia.

— Ficou com ciúme.

— Ora, ela sabe que sou lésbica e não vou trepar com você.

— É, mas ela ficou com ciúme da sintonia, só isso.

— Estou arrasada, terminei com minha namorada há uma semana.

— Eu não terminei com ninguém, mas estou aqui nesta terra, que já foi minha, estranhando tudo, como uma pessoa que perde um lar. Também não tô nada bem.

Lícia me pegou pelo braço e disse:

— Você vem comigo, vamos até o jornal, tenho que fechar uma matéria ainda hoje. Depois saímos pra beber de novo. Carmem não pode e não deve ficar com ciúme.

Continuei minha caminhada por Brasília, agora com Lícia, minha não mais cidade, um pouco triste, sem arrependimento de nada. Pegamos um táxi. O céu era igual ao de sempre, as nuvens baixas, e a chuva deixava sua linha como chuva em alto-mar, que podemos ver a distância; era o Planalto Central. Tudo verde nessa época do ano. Muitas árvores novas plantadas destoando do cerrado, uma vegetação nada atraente. O cerrado sim, belo e cheio de mistérios. Nele podemos ler uma história passada, futura e mágica desta região do Brasil. Olhei e reparei que dentro do táxi, com olhar perdido, Lícia fixava o meu olhar até então perdido na paisagem e pensamentos. Virei pra ela e falei:

— Lícia, seus olhos são...

— São o quê? — perguntou áspera, acordando e tentando parecer um homem.

— Lindos — falei.

Silêncio. Chegamos na sede do *Correio Braziliense*. Entramos e fomos pra sala de Lícia. De lá se podia ver o pôr do sol na direção do Cruzeiro, onde foi celebrada a primeira missa de Brasília. Fiquei ali sentado enquanto ela fechava a tal matéria.

Já era noite quando saímos.

Continuamos nossa caminhada por Brasília.

Bebemos em alguns bares e fomos dançar numa boate. Não conhecia mais nada naquela cidade que tinha sido minha durante muito tempo.

Lícia bebeu bastante. Lá pelas tantas me catou pelas mãos e me carregou pro seu apartamento. Ria e parecia feliz, estava diferente de quando a conheci na tarde daquele dia. Chegamos, Lícia arrancou a roupa e ficou nua. Vou trepar com uma sapatão — pensei. Como desejando tudo, tirou minha roupa e se jogou na cama. Peguei Lícia a beijei na boca e corpo, chupei sua xoxota até ela enlouquecer e gozar — a abracei e gozei nas suas coxas, as enxuguei, e dormimos juntos colados um no outro.

Pela manhã acordei com um café preto na cama.

— Cara, como é que você faz isso comigo? Nunca tinha tido uma experiência assim com um homem. O primeiro com que trepei parecia que tinha me enfiado uma escova de aço na minha boceta; o outro mais parecia um bate estaca me fodendo. Agora vem você com essa delicadeza e me faz gozar. É a primeira vez que gozo com um macho.

Naquele dia Lícia me obrigou a sair do hotel em que eu estava hospedado e ir pra casa dela. Aceitei e fui pra lá. Afinal, só ia ficar mais uns dias em Brasília.

Ainda bem que eram só uns dias mais, pois sua namorada começou a fazer um enorme barraco quando soube que Lícia tava com um homem. Mas aí já era tarde, eu já tinha comido de todas as maneiras possíveis e muito aquela sapata jovem e linda. Fui embora, voltei pro Rio de Janeiro. Não mais falei com Lícia e ainda fiquei muito tempo sem entrar em contato com minha ex-mulher Carmem. Mas um dia telefonei.

— Tudo bem, Carmem?

— Por aqui tudo bem.

— Carmem, e a Lícia, como vai?

— Porra você é foda, hein? O que você andou fazendo com aquela menina? Ela era muito jovem pra você ficar com ela. Mexeu com a vida dela toda.

— Carmem, afinal o que houve?

— Ela se separou da namorada, tá morando com um cara e tá querendo ter um filho com ele. A namorada até tentou se matar. Você não pode chegar aqui e interferir na vida das pessoas assim.

— Olha, Carmem, vamos parar com sermão, tá bem? Afinal o que você tem com isso? Pra mim você tá com ciúme de tudo que aconteceu. A Lícia te contou tudo com todos os detalhes, não foi?

— Foi. Sabe Luiz, por hoje não tô a fim de conversar mais com você.Vou desligar. Tchau.

Desligou.

39

Sem você

Só hoje e nunca mais, nada irá mudar sem a sua presença. Começamos a nos entender mais e mais a cada instante. Os cheiros das folhas brotam do orvalho caído, mas não estamos nem aí pra isso, só escutamos os uivos dos cachorros ao longe. O vento do Acaba-Mundo. Depois o ruído dos caminhões de lixo durante a madrugada e todas as madrugadas com ruídos, os ruídos da madrugada nunca se repetem. Cães latindo ferindo a existência das ladeiras, dos calçamentos de pedra e agora do asfalto com carros correndo impedindo de cruzarmos a rua. Crianças dormindo ao relento, sujas com a pele esfolada pelas calçadas ásperas de concreto e areia. Os vendavais derrubam as folhas que cheiram com o orvalho. Os cachorros cagam sobre as folhas nas calçadas. As crianças sujam seus pés. As latas de lixo continuam por lá. O carro bate na árvore, e seus ocupantes morrem. Não dá mais para atravessar a rua. Crianças armadas ganham seu sustento. As madrugadas estão desertas sem habitantes e coragem. A luz continua a piscar no alto da torre no alto da montanha e eu aqui escrevendo e você aqui lendo tudo isso totalmente absurdo como se alguma coisa pudesse ter um fim. Outros começam com a sua morte. Só hoje e nunca mais, nada irá mudar sem a sua presença.

40

Na próxima Galáxia

A Afonso Henriques Neto

Delírio. Tudo pode acontecer amanhã. Hoje será outro dia. Todas as coisas aqui e agora são como ossos do paraíso. Galáxias atordoadas por colisões, sangrando num labirinto sem fim, é o grito final. Somos pedaços de carne e nada contidos dentro de tubos em forma de sonhos. Vertigem de uma cidade habitada por misteriosos ladrões. Todas as manhãs serão poucas para vivermos, e agora sempre assim quando queimarmos um pedaço de carvão na próxima noite desesperada.

A invasão do real. Deixo a xícara de café, largo o jornal, beijo minha mulher. Tenho que partir, tudo me espera.

41

Cansaço

Estou cansado de ver espíritos. Fico parado e eles ficam passando na minha frente. Quando um amigo ou parente morre, aí então é verdadeiramente difícil, pois estou ali vendo TV e de repente ele está perto da porta sem saber o que fazer nem pra onde ir, é preciso eu falar: "Vá embora, você já morreu, procure o maior foco de luz e siga em frente, é lá o seu lugar."

Ser médium é isso aí. Não dá nenhum prazer. Os espíritos aparecem quando você menos espera e ficam ali te rondando e você tendo que manter a calma e conversar com todos eles pra assim ter um pouco de paz.

Qualquer um de vocês que estiver lendo isto aqui, já deve ter tido alguma experiência estranha. Nada é fixo, as energias das coisas mudam sem parar em todas as partes do universo e não somos os únicos que ao morrer se transformam. Uma estrela, ao consumir seu combustível nuclear, passa por várias etapas: se torna uma Anã Branca ou se for bem grande explode em uma Supernova, que continua se transformando pra se tornar uma Estrela de Nêutrons ou até mesmo um Buraco Negro.

Depois se modifica ainda mais e começa a ficar tão longe da nossa compreensão que não conseguimos acompanhar mais essa metamorfose, a não ser com a nossa própria imaginação.

Os espíritos somos nós transformados e ficam ali passando na minha frente e eu explicando a eles o que aconteceu. Não gosto nada disso, mas não consigo evitar. Então fico ali parado e eles passando por mim, enchendo o meu saco. São como seres ainda vivos me perturbando, e eu, não podendo fazer nada, continuo explicando: "Ei vocês aí que já morreram, sigam aquele caminho de luz e vão existir em outro lugar, porque aqui é o mundo dos vivos e a este vocês não mais pertencem."

42

O resultado da sua vida nunca obedeceu a projeto nenhum

Kátia entrou alegre no meu apartamento em Ipanema. Estava feliz e cheia de energia acumulada.

— Não bebo há uma semana — disse ela.

— Que bom, sua cara fica melhor desse jeito.

Isso só durou mais alguns dias. Era sempre assim. Bebia, parava, bebia de novo, parava. Kátia continuava cheia de esperança sem saber por que e pra onde. Não podia ficar muito longe de mim. Eu parecia um porto amigo onde chorava todos os problemas e desamores. Fomos quase amantes, mas o que nos aprisionava era uma grande amizade; sempre gostei dela.

Um dia começou a namorar um bandido verdadeiramente pesado. Foi presa junto com ele, e lá estava eu para soltá-la. Mudou pro interior e resolveu viver com uma mulher. Kátia era a mulher; a outra o homem. Realmente era igual a um. Tentou a vida na política, mas foi um desastre. O acerto foi adotar uma menina negra abandonada. E fez aí, pela primeira vez, tudo legalmente. Conseguiu a posse definitiva da criança, que cresceu linda e lhe deu uma neta. Está morando hoje no interior de São Paulo, às vezes me liga, e conversamos. É assim: a vida toda passada em segundos.

Evitar o quê? Até onde podemos seguir é o que interessa. Tempo e vertigem colados um no outro. Vidas nas regiões abissais. Todos ali na sala da minha casa em épocas passadas e agora também. Somos sozinhos, mas a esperança desconhecida continua lá. Sentam ali conversam tomam um café se revigoram e saem em busca de algo que possa surpreender. Mas sempre voltam. Quando não podem estar presentes mandam notícias. Continuamos sabendo de todos e muito mais.

43

É isso aí

A Domingos Guimaraens

Era o Pato Donald, o dono do poleiro, cantando e acordando todos pela manhã. Como? Um pato? Não, na realidade um galo. Este era só o seu nome.

O batizado do galo tinha sido na sala de nossa casa, quando ele, com três anos de idade, ganhou da sua madrinha um pinto amarelo.

— Que nome vamos dar pra ele?

— Pato Donald.

Seu humor e inteligência nunca mudariam.

A sombra fugida de Peter Pan, vista quando criança, ou aquela gravada na parede pela explosão da bomba de Hiroshima, já adulto, com a compreensão da existência humana. Todas as coisas juntas como agora neste mundo. Construiu assim três telas emulsionadas, sensíveis à luz. Escreveu um texto poético dialogando com o inacreditável Augusto dos Anjos. Ao som conjunto — música e poesia —, num escuro profundo, começou a apresentar, do nada, sombras que ao espocar de flashes luminosos ficavam gravadas nas telas emulsionadas de uma forma mais impressionante que a mais impressionante pintura. Mas aí não tinha humor, só dramaticidade. *Capturando Sombras* foi o título dado a essa performance. Obra criação profunda de todas as artes juntas ali.

44

Depoimento de um amigo

Selos colados nos envelopes quase não existem mais. Eu particularmente nunca os usei; sempre achei melhor as máquinas dos correios.

As encomendas ou remessas de livros não conseguem ir por e-mail, nunca talvez irão ou talvez retornemos à idade da pedra. Tudo faz crer.

Tenho um amigo que me disse:

— Mando cartas, o computador só me serve pra ver sacanagem. Outro dia tentaram me dar um golpe pedindo a troca da minha senha bancária com uma perfeita cópia do site do banco. Só erraram o cara: não tenho um centavo na conta. Aí respondi pro tal site falsificado: Vai tomar no cu! Eles continuaram insistindo e eu continuei xingando. Mas não adianta nada, ninguém dá importância pras minhas ofensas nem pra ofensa de ninguém. Então desliguei o computador, esqueci meu e-mail e voltei a mandar pelo correio minhas cartas escritas a mão.

45

Que incrível, não?
Mais uma nave robô em Marte.

Me fascina a ideia da extensão dos nossos sentidos sendo levados a distâncias inimagináveis pelas sondas e robôs interplanetários.

Os sentidos podem ir muito além também aqui mesmo, neste chão, neste planeta, nesta esquina, neste lugar

Minha amiga Carina começou a não se sentir muito bem. Ela até então era luz e sorriso permanentes. O que sentia nem ela mesmo sabia. Sabe uma ressaca? Pois é, começou assim, todo dia era como acordasse de um porre imprevisível. Ela, apesar de jovem, já pensava que estava chegando ao fim da linha. Nenhum médico ou exame dizia o que estava acontecendo. E ela ali entregue à própria sorte, vendo seu rosto transformar, também mãos, pés, tudo, e nada de melhor acontecia.

— Queria chegar logo no fundo do poço pra poder dar impulso pra subir — dizia.

Nós amigos torcíamos por ela sempre. Num dia desses veio um estalo na sua cabeça. Isso mesmo, um estalo, como um grande barulho e uma ideia de salvação. Pura intuição.

— Vou-me embora do Rio. To indo pro Pará. Lá tem minha irmã médica e outras pessoas que começarão a me ver diferente. Isso vai me ajudar.

Se mandou, foi morar na casa da irmã e começou um novo período na sua vida. Fez inúmeros exames, mas nada dava em nada. Comprou uma filmadora e iniciou um trabalho de acompanhamento da sua transformação. Foi filmando, não seu corpo, que a cada dia continuava a se transformar, mas sim as coisas à sua volta. Assim retratava também as mudanças da sua percepção. Pelas imagens, começou a ver novas cores e sentir novos cheiros. Imaginou diferentes formas de cura a partir disso, pra ela mesma. Todos sabemos que só nós mesmos podemos indicar nosso caminho. E foi desta forma que ela disse pra si mesma, sozinha um dia na casa da irmã:

— Vou me curar.

Ainda nessa época, todas as coisas pra Carina eram de tanta intensidade, que, ao telefonar pros amigos, nem se tocava que se referia às imagens e aos cheiros como se os outros do outro lado da linha estivessem ali vendo e percebendo o aroma das coisas e suas cores. Loucura? Não era bem isso; era algo estranho de uma nova vivência rodeada de novas sensações, de uma nova vida que estava por vir.

Carina um dia saiu pra praia e levou sua câmera. Encontrou um vendedor de castanhas e começou ali um diálogo filmado por ela. Foi assim e ficou gravado.

Filmando:

— Por que o amigo vende tanta castanha de uma vez?

— Não sei, acho sempre que vou encontrar comprador pra tudo — seu olhar a fixou. — Menina, você tá com algum problema? — continuou ele com o olhar fixo.

— Como assim?

— Tô vendo que você não tá nada bem. Tá doente? — seus olhos apertaram.

— Já tem um tempo que estou assim.

— Olha, não tô querendo vender nada pra você, mas posso jogar essas castanhas como se joga búzios e ver o que te aflige — continuou a olhá-la.

— Você pode?

— Claro que posso — ficou muito sério

— Então tá bem. Vamos lá.

O vendedor pegou um monte de castanhas, separou com cuidado algumas delas, alisou a areia que estava pisando e jogou aí todas aquelas que estavam na sua mão. As castanhas caíram e formaram rastros e esses rastros desenhos.

Carina continuava filmando.

— O que qui você tá vendo aí?

— Calma menina. Antes de mais nada é preciso ter calma — falou levantando uma das mãos. — Olha — continuou ele —, tá vendo estes desenhos?— perguntou se concentrando com as mãos na cabeça. — Tem sempre duas castanhas juntas e nenhuma separada nas pontas de cada linha formada na areia.

— Sim, tô vendo.

— Pois é. É algo dentro de você. Algo que funciona aos pares mas que não está conseguindo ir muito bem — seus braços caíram.

— Como assim aos pares?

— Os pulmões, os rins — falou colocando as mãos no pescoço — e essas coisas da garganta que não estou lembrando...

— Amídalas?

— Isso — apontou o dedo pra ela — e mais tudo que funciona aos pares. Tem alguma coisa no seu corpo que não tá se entendendo.

— Que mais?

— Não sei dizer mais nada — pegou sua sacola de castanhas, sorriu pra Carina e falou: — Estas castanhas aí no chão que acabei de ler você leva pra casa e come. Elas vão te revelar tudo que você precisa saber — virou as costas e foi embora.

Carina filmou o homem indo embora, desligou a câmera e ficou ali pensando. Obedeceu. Chegou na casa da irmã médica, onde estava, e comeu as castanhas. Naquela noite começou a sonhar, e sonhou com o sangue circulando nas veias, os pulmões se enchendo de ar, os rins filtrando os líquidos, lóbulos cerebrais e glândulas, milhares de glândulas coloridas, mas uma delas não tinha cor alguma. A ausência de cor sempre é só imaginada, mas não num sonho; lá essa ausência é real e estranha. O sonho continuava e essa ausência crescia. Não era só a ausência de cor: era ausência de tudo, era silêncio e dor. Continuou sonhando, viu o vendedor de castanhas sorrindo no visor de sua câmera, e ela dizendo, como já tinha dito pra si mesma sozinha em casa: "Vou me curar." Acordou atordoada no meio da noite e correu pro quarto da irmã. Aos gritos falou:

— SEI O QUE TENHO.

— Como assim ? — perguntou a irmã tonta num despertar ainda bêbado.

— Quero examinar todas as glândulas do meu corpo; aí está minha doença.

Nos dias que se seguiram, Carina, acompanhada pela irmã, partiu pra uma série de novos exames, agora dirigidos por ela mesma. Ela falava o que queria, e a irmã ia transformando em linguagem médica cada exame. Pronto, chegou lá. Realmente, uma pequena glândula que não funcionava mais perturbava assim o funcionamento do seu par e descompensava todo o organismo de Carina.

A vitória da bruxaria somada à ciência — pensou ela.

Remédios e mais remédios e começou a melhorar. Seu rosto retornou à expressão normal, braços e pernas afinaram e voltou a ter cintura e caminhar balançando. Novamente luz e sorriso.

Carina voltou pro Rio de Janeiro. Experiência transformadora de uma vida desde quando começou a se sentir mal, sua viagem, seu novo olhar, seu encontro com o vendedor de castanhas que virou um FILME, e toda a experiência arrebatadora de uma falta de esperança e depois estar aqui viva. Escreveu sobre tudo isso e também sobre o agora, e já andou me mostrando alguma coisa assim como essa última que recebi por e-mail:

Estava descendo minha rua
E lá estava mais uma opção
Que calçada seguir?
Parecem iguais
Mas não
Uma é solar
Outra está sempre na sombra
Quando quero mais escuro vou por essa
Quando saio pra praia só sigo a solar
Nenhum dia se repete
Mas as calçadas estão sempre lá
E o meu amor
Aquele homem que gosto
Está aguardando pra me capturar
No final da ladeira
Na primeira esquina
Logo ali

Fim de uma parte começo de outra
Vou aos poucos
Vou tecendo
É como mágica
Vou mostrar pra todos
Tudo
Um dia
Os dias passados me fizeram assim.

46

Negra Clara

Estava indo do Rio pra Cabo Frio, o ônibus corria, era noite, verão, só uma mochila me acompanhava. Procurei um lugar lá no fundo pra poder dormir um pouco. As cadeiras de trás estavam vazias, não precisava me preocupar com nada, daqui a pouco estaria na minha casa na praia. A primeira parada foi em Saquarema; lá entrou aquela negra vestida de branco, vestido de um linho como papel crepom, o colo decotado, mangas bufantes. Caminhou pelo corredor, sorriu e sentou numa cadeira, onde podia ficar direto no meu ângulo de visão. Cruzou as pernas e ficou com as coxas totalmente à mostra; eram lisas e brilhavam. Fiquei hipnotizado, e ela sabia disso. A viagem continuou, era o último ônibus de sábado. Aí um breve tempo se passou. Ela se levantou, deu alguns passos na minha direção, soltou seu corpo e caiu do meu lado. Não acreditei, mas foi assim:

— Posso sentar aqui? — perguntou.

— Você já está sentada.

— Não gosto de viajar sozinha. Meu namorado está me esperando.

— Mulher bonita tem sempre alguém.

Riu.

— E você, também tem alguém te esperando?

— Sempre.

Algumas curvas nos faziam encostar um no outro, fomos ficando propositalmente cada vez mais perto, e mais uma curva ela se encostou todinha em mim. Num movimento virei o rosto e encontrei sua boca colando na minha, só pude corresponder — um beijo interminável. O verão faz dessas coisas, sempre surpresa, e, como esta, bastante agradável. Continuamos nos agarrando lá no fundo do ônibus, mas aí veio aquela interferência de uma horrorosa mulher e de todo um grupo de alguma dessas igrejas, que não sei qual, de Jesus por Jesus em Jesus, misturadas com muita força ao Velho Testamento e alguma coisa mais.

— Filhos do demônio — gritou a horrorosa.

— FILHOS DO DEMÔNIO! — gritaram todos em coro.

— Vocês todos vão tomar no cu — gritei também.

— Motorista, pare na polícia e entregue esses imorais — continuava a horrorosa.

— OBEDEÇA, MOTORISTA ! — o coro gritava.

Puta que pariu — pensei.

Pela janela, conseguia ver ao longe as luzes de São Pedro da Aldeia. Catei minha mochila e minha companhia pela mão.

— Vamos — falei.

Atravessamos o corredor do ônibus com os gritos do pessoal da igreja nos nossos ouvidos:

— DEMÔNIOS PERVERTIDOS!

— Pare motorista, nós vamos saltar.

Num instante estávamos fora do ônibus, em plena estrada, à noite, num local deserto. Os olhos se acostumando com a luz de um luar crescente, e minha negra, que tinha acontecido, de mãos dadas comigo, mostrava seu sorriso e seus olhos soltos no ar da noite. Começamos a rir e não conseguíamos parar. Nossos olhos se encheram de lágrimas de riso e fizeram com que as luzes a distância se distorcessem em prismas coloridos. Nos abraçamos e começamos a caminhar.

— Olhe, estamos na beira da lagoa de Araruama — falei. — Lá longe já é São Pedro da Aldeia, podemos ir até lá.

— Tenho outra ideia melhor — falou ela. — Por que não entramos nesta salina e ficamos por aqui até o amanhecer? Conheço bem esta região. Amanhã é domingo e ninguém vai aparecer por aqui. Depois pegamos algum ônibus e vamos embora. Olha, tenho duas maçãs e uma canga na minha bolsa, podemos comê-las, forrar o chão, deitar e dormir.

Realmente havia uma salina bem perto de onde tínhamos saltado do ônibus e parecia deserta. Os moinhos de vento que puxam água salgada da lagoa para os reservatórios estavam rodando bem devagar. O silo de sal estava bem perto de nós e não tinha ninguém por lá. Podíamos nos abrigar ali. Eu tinha uma garrafa de água na mochila e estava calor, poderia ser uma ótima noite.

— Tá bem, vamos até lá.

Caminhamos pela trilha entre os tanques de água e chegamos ao silo. Feito com grandes toras de madeira, tinha a entrada aberta, bem como as grandes janelas, que ficavam próximas ao telhado. Dentro, um gigantesco monte de sal. Tudo na penumbra da noite só iluminado por aquela meia-lua crescente.

— Não sei o seu nome. Eu sou Luiz, me apresento a você — fiz uma reverência para aquela mulher.

— Me chame de Clara — riu falsamente.

— Este não é o seu nome verdadeiro.

— Claro que não, mas gosto de ser chamada assim.

Falso ou não, Clara se tornou o seu nome ali naquela noite comigo.

Entramos no silo e escalamos o monte de sal. Lá no alto começamos a amaciar o sal grosso com os pés. Tirei da minha mochila algumas camisetas e criei um colchão. Clara forrou tudo com sua canga, depois pegou suas maçãs e minha garrafa d'água e arrumou do lado da cama improvisada. Estávamos prontos pra passar a noite juntos ali.

Clara me pegou pela mão:

— Vamos passear e ver a lua e a água da lagoa.

Saímos andando. Sempre que parávamos, Clara se pendurava em mim e beijava demoradamente minha boca.

— Adoro beijar. Quando te vi no ônibus, não resisti.

— Clara, não sei mesmo o que dizer.

— Não diga nada.

Caminhamos pelos tanques de sal. Só a lua e o barulho das marolas da lagoa nos acompanhavam. Às vezes escutávamos o ruído dos carros ao longe passando na estrada. Comecei a pensar quem seria aquela mulher que estava comigo ali naquela noite, naquele lugar tão estranho.

— Isto aqui parece uma paisagem de outro planeta tirada de algum livro — falei.

— Marte não pode ser, lá é tudo vermelho. Talvez Europa, aquela lua de Júpiter feita de gelo, branca e azul — disse Clara. — Adoro me pensar fora daqui, em outro mundo, onde jamais seria encontrada por alguém. Fico horas na Internet navegando por mundos impossíveis.

— Caramba, Clara, que surpresa, você parece até uma poetisa.

— Sou artista, faço cerâmica e tapeçaria pra viver. Às vezes poso pra fotos. Ser negra, com esta minha pele tão escura, me ajuda muito nisso. Se eu não estivesse vestida de branco você mal me veria nesta noite.

Falou isso e começou a tirar a roupa. Ficou nua, não usava nada por baixo, mas sua pele negra não a camuflava na luz da lua; ao contrário, um brilho muito grande saía de todo o seu corpo. Clara era linda. Largou sua roupa no chão e começou a bailar cantarolando. Seus cabelos de pequenas tranças dançavam de encontro ao céu noturno. Era demais.

— De onde você tira essa alegria, menina?

— Da vida, de tudo, de estar aqui com você.

— Você nem sabe quem eu sou.

— Você me parece legal, e minha boca cola bem na sua. Pra mim é o que basta.

Clara pulou no ar, deu um giro acrobático e mais outro e foi se aproximando de mim. Me agarrou e me beijou outra vez, agora nua. Não deu mais pra resistir: a coloquei no chão, arranquei minha roupa e a comi ali mesmo.

— Sabia que seria bom — disse ela, ficando deitada perto de mim — mas quero mais, isso pra mim foi só o começo.

Fiquei abraçado com Clara bastante tempo, vendo o céu noturno e a lua. Recuperei minha energia, levantei e caminhei com ela pra dentro do silo, pra nossa cama feita de improviso.

— Está vendo esta maçã? — perguntou ela. — É a maçã do paraíso. Você vai comê-la comigo e ficar em pecado pra todo o sempre.

Clara deu uma mordida numa das maçãs que tínhamos ali e depois a colocou na minha boca.

— Morde e me beija com o sumo dela — falou, e eu obedeci. Ficamos juntos pregados a noite inteira. Trepamos várias vezes até dormir de cansados.

O sol começou a brilhar bem junto do horizonte. Os primeiros raios começaram a entrar no silo de sal, que, de forma programada na sua construção, batiam no grande monte de sal grosso para secá-lo. Procurei Clara, e ela não estava ao meu lado. Ainda sonolento, eu a procurei mais e gostei do que vi. Ela na frente da porta do silo, recebia o sol. Nua e muito negra, contrastava de encontro ao branco do sal espalhado pelo chão.

— Clara, você está linda.

Ela rodopiou sobre o eixo do corpo com os braços para cima e disse:

— Às suas ordens.

Estava vendo Clara pela primeira vez na luz do dia e era ótima a visão que eu tinha.

— Vamos comer nossa outra maçã e começarmos a andar antes que o sol esquente muito — falou ela.

Nos vestimos, comemos a maçã, bebemos nossa água e começamos a caminhar.

— Clara, o que você pretende fazer?

— Tenho que ir embora, Luiz — pela primeira vez pronunciou o meu nome.

— Queria poder te encontrar de novo.

— Olha, tivemos uma noite maravilhosa, por que não ficamos por aqui?

— Mas Clara, me amarrei muito em você.

— Luiz, tem alguém me esperando, e a essa altura nem sei o que vou dizer pra ele. Além do mais...

— O quê?

— Deixa Luiz, vem. — Clara me pegou pela mão, e começamos a caminhar mais rápido. Chegamos na estrada, de onde tínhamos saído na noite anterior, e fomos andando. De repente ela fez sinal para um ônibus, desses comuns que só circulam entre cidades do interior, me deu um selo na boca e correu pra pegá-lo. O ônibus, no embalo que vinha, tinha parado um pouco mais distante. Antes de entrar totalmente, ela se pendurou pra fora e, com o corpo todo esticado, me deu adeus.

Podia, mas não fui atrás, não corri. Fiquei ali parado vendo tudo se distanciar, meio tonto por tudo, mas era assim mesmo que tudo estava acontecendo. De repente tudo deserto, só muito longe o ônibus em que Clara tinha partido.

Clara negra
negra Clara

Agora sozinho, caminhei de volta pra salina e pra beira da lagoa. Olhei pra trás, e lá estava o silo de sal sem ninguém. Tomei rumo a São Pedro da Aldeia, fui andando pela linha da água, não tinha pressa alguma. Uma dor se apoderou de mim, mas lentamente foi passando. Turbilhão de sensações. Todo canto, todo lugar é meu — pensei. Estava aéreo, fora do mundo. Uma canoa com pessoas vestidas de domingo passou por mim, acenei — fui correspondido. Bati a mão na mochila e a garrafa estava ali; ainda tinha um gole de água no fundo, bebi.

Continuei.

47

Boca cheirosa da mulher

O beijo na boca me transforma em um rio, encharco minha cueca, molho minhas calças e caio em um charco onde minha alma se afoga. Isso muito antes do gozo da trepada, numa área onde tudo flutua, algo invadido pelo amor, por ela, por seus beijos. Os sonhos os sorrisos as ameaças esse jogo que começa na boca cheirosa da mulher.

Ana guardava seus beijos para mim. Não trepava sem antes receber o dinheiro e falar:

— Alguma coisa tenho de guardar pro homem que amo, aquele que vai ser meu dono e cafetão. Não chupo nem beijo na boca.

Ana trabalhava como prostituta.

Nos encontrávamos, e ela dizia rindo:

— Luiz, estou virgem de boca, pode me beijar, sou toda tua.

Eu ficava ali colado nela, me transformando em um rio, até a experiência mais louca de gozar pelo beijo; esporrar pelas suas pernas, conectado por aquela boca cheirosa, que me engolia por inteiro.

48

O carro

Era Paulo, Mauro e Edmundo, os três se cotizaram para comprar um carro velho. O carro, um Fiat 147, ano 1978, caindo aos pedaços. Cada um deles entrou com 100 pratas; compraram por 300.

Paulo era filho de um amigo meu. Como era grafiteiro, frequentava meu ateliê pra discutir seu trabalho e falar sobre arte em geral; tinha 17 anos. Mauro, o mais novo de todos eles, não entendia nada, só mexia com a cabeça bem rápido, para um lado e para o outro, parecendo uma ave. Edmundo, porém, era uma marra só; com 18 anos já tinha tirado a carteira de motorista, estava então habilitado pra dirigir, e é claro que o plano da compra do carro tinha sido dele.

Eu não fiquei sabendo da história logo no começo, só depois ela se apresentou a mim, e foi assim: Eles partiram rumo a Grumari pra curtir uma. O carro, com meio tanque de gasolina, soltava uma intensa fumaça e uma das rodas bamboleava quando a velocidade passava dos 40 por hora. Passaram no Anil e pegaram Shena e Afrodite, nome de guerra das duas, que eram grafiteiras amigas de Paulo e que arrebentavam com seus grafites pela cidade.

— Não somos pichadoras, somos artistas grafiteiras — diziam elas.

Aliás, realmente o grafite é uma outra parada. Não é essa competição próxima da morte que acompanham os pichadores com suas assinaturas, e que se penduram em prédios para ganhar a escalada da altura com suas intervenções, e quem for mais radical ou ganha ou morre. Os grafiteiros são refinados, e já conseguem até importar tinta menos agressiva ao meio ambiente e bicos especiais pras latas de spray pra realizar seus trabalhos. Saindo desse desvio, e voltando pro carro, agora com os cinco lá dentro dele, o perigo era outro. Edmundo pilotava aquela máquina se achando o máximo, no comando de tudo, do caminho, da segurança e de todos.

Milagres acontecem, a máquina chegou a Grumari.

Uma tarde incrível Estavam com total independência do mundo, motorizados e decidindo por eles mesmos a que horas voltar e o que fazer. Beberam bastante, e para isso, como eram menores, e pra barra não sujar, Edmundo, o marrento, comprava as latas de cerveja e distribuía entre todos. O baseado também rolou solto. A tarde foi chegando ao fim, e como o carro não tinha farol, era melhor eles se mandarem; e foi o que fizeram. E lá vieram eles, todos tocados, pedindo pro Edmundo pisar mais fundo, naquele bambolear, cortando e costurando, e o Fiat segurando a onda. Cruzaram a Barra da Tijuca inteira, já noite, e o carro sem luz, apagado. Cantavam e gritavam sem parar. Pegaram a Av. Niemeyer e continuaram. Passaram pelo Vidigal, e aí veio o problema: um camburão parado, quando viu aquele carro, naquele estado, naquela velocidade, na noite, com cinco jovens muito estranhos dentro, partiu pra cima. Mas Edmundo pisou ainda mais no acelerador e chegou no Leblon antes da polícia conseguir alcançá-los. Ainda com um golpe de sorte, cruzou a praia e entrou na avenida do canal — o camburão se atrapalhou no trânsito. Edmundo continuou pisado pela avenida, e aí veio aquele estouro do pneu da roda que bamboleava. Edmundo segurou o volante, meteu o pé no freio, o carro subiu o meio-fio e um tranco escutado a distância fez o carro parar antes de cair no canal. É que o motor do carro despencou no chão, travando toda a estrutura daquela máquina na hora. Os jovens ocupantes bateram um pouco a cabeça mas não ficaram muito mal. Saíram correndo, entraram no edifício do meu ateliê e socaram minha porta até eu abrir. Quando o fiz, veio aquela avalanche de corpos, um por cima do outro, apavorados querendo se esconder.

— O QUE QUI HOUVE? — gritei.

— NOS ESCONDE LUIZ! — falou o Paulo.

Bati a porta e pedi calma.

Shena e Afrodite choravam de nervoso, Paulo suava em bicas, Mauro continuava com seu movimento de ave e Edmundo, totalmente branco, e sem marra, começou a falar:

— Cara, a polícia quase nos pega. O pior é que tamo cheio de bagulho no bolso.

— Pera aí. Conta tudo do início — falei.

Aí veio toda a história contada aí em cima, com a interpretação de cada um. Falavam todos ao mesmo tempo.

— Vocês tão doidões, hein? — falei.

— Que nada, só bebemos um pouco e queimamos unzinho — falou Paulo.

— Tá bem. E os documentos do carro? — perguntei.

— Num tem documento não — respondeu Edmundo. — O cara que nos vendeu o carro é lá da Rocinha. Nós demos a grana e ele entregou o carro; só isso.

— Menos mal — disse. — Assim a polícia não vai localizar ninguém. Agora fiquem quietos, que eu vou até lá embaixo na rua ver o que está acontecendo.

Desci, e a situação era a seguinte: algumas pessoas olhavam e dois camburões parados e os policiais revistando o carro. Reviraram tudo. Olhavam pra todos os lados tentando localizar algum daqueles jovens. Não encontraram nada.

Me aproximei e escutei:

— Pra mim eram bandidinhos comuns que iam fazer algum ganho por aqui.

— Vãobora. Esses aí já fugiram, e esse carro não anda mais.

— Vamos levantar a ficha do carro.

— Essa porra nem deve ter ficha nenhuma, mais parece um cabrito.

— Nem adianta ter trabalho.

— Larga tudo.

— Eles não aparecem mais aqui.

— Queria ter metido uma bala nos escórneos de algum deles.

Puta merda — pensei. Olha a encrenca que os garotos podiam ter se metido. Ainda bem que conseguiram fugir.

Os camburões foram embora, e eu voltei pro meu ateliê e encontrei a turma ainda apavorada.

— Parece que foram embora — falei. — Por via das dúvidas, vocês vão ficar por aqui esta noite. Vamos queimar unzinho pra acalmar.

Edmundo enrolou um e, já pensando na larica, me pediu pra pedir uma pizza com coca-cola. Ficaram acampados no quarto do ateliê e, como jovens bons moços, avisaram seus pais que passariam a noite ali.

Como são engraçadas as alternâncias e como é leve a fronteira entre a verdadeira bandidagem e a simulação dela. Tudo é só uma questão de grana e berço. Somos todos sempre quase bandidos em algum momento da vida.

O carro continuou na avenida do canal. Aí então Paulo, Shena e Afrodite — os grafiteiros — começaram a criar um incrível trabalho. Todos os dias, apareciam por lá nas mais variadas horas e grafitavam o carro abandonado. Primeiro transformaram o Fiat num Fusca através da pintura. Depois inventaram inúmeros modelos de carros e construíram uma estrutura sobre o capô, e a forma do carro passou a ser de um ovo cortado ao meio. Pintavam de forma grafitada essa estrutura, que aos poucos foi enferrujando e se agregando ao chão; principalmente pelo roubo das rodas feito por alguém. O carro deixou de ter aparência de carro e ganhou uma forma de um cogumelo com duas portas e começou a ser habitado por moradores de rua; então um dia desapareceu. Foi removido dali.

— Luiz, aquele carro foi um barato — falou Paulo um tempo depois.

— Olha, tenho algumas fotos desse seu carro.

— Que legal, me dá.

— Troco por ajuda aqui no meu ateliê.

Paulo, desde então, tem me ajudado na minha produção e aprendido a pintar comigo.

Acho que ele vai ficar melhor do que eu.

49

Memória construída

O sinal fechou, freei o carro. Eram mais ou menos dez horas da noite. O ônibus que vinha atrás me cortou, passou o sinal e parou uns dez metros além da faixa de pedestres. Saltaram duas mulheres jovens: uma bem negra, outra nem tanto. Estavam muito produzidas para algum evento. Trancinhas rastafári, saltos altíssimos, calças jeans apertadíssimas, blusas com decote até a bunda, e um andar de exibição de quem nada e tudo quer. Atravessaram a rua bem na frente do meu carro; um belo espetáculo. Chegaram do outro lado da rua, na subida do Cerro-Corá e abordaram dois mototáxis; subiram na garupa de cada um e desapareceram na ladeira. O sinal abriu, e eu parti pro Leblon; ia atravessar o túnel Rebouças e manter as duas mulheres somente alguns minutos mais na minha cabeça. Então escrevi isto aqui para que elas — as duas mulheres jovens, uma muito negra, outra nem tanto — pudessem ficar paradas no tempo e na minha memória.

50

Linda

Ela lia, escrevia, estudava, pesquisava, óculos na cara, cabelo mel escorrido sobre os ombros, mas o que ela gostava mesmo era de ser linda, vista, admirada, e eu estava lá pra isso mesmo, ficar aos seus pés.

um dia ela se cansou de mim e arranjou outro cara, quase morri, mas não, afinal não era a primeira porrada que eu recebia na vida. fiquei ali todo mal, mas como sabia que coração quebrado atrai colo quente, me mandava pras festas.

— coitadinho, fica aqui comigo, não fica sozinho não — dizia uma.

— olha como ele tá tão triste — falava outra.

ia comendo as que podia, mas só pensando nela. pensava também quando encontrasse o babaca daquele namorado que ela tinha arranjado, ia enfiar a porrada nele.

passou algum tempo, e eu estava num bar, já um tanto tocado, quando ela me entra com o babaca. pra variar, ela estava linda, com os cabelos sobre os ombros nus, com uma blusa tomara que caia. me viu, deu um passo e parou. fiquei olhando e parti na sua direção, a agarrei e a beijei na boca. o babaca não fez nada, só ficou olhando. fui embora.

algumas horas depois o celular me chamou. claro que vi que era ela, tava ali gravado seu nome bem na minha frente. fingi que atendi casualmente.

— Luiz, me encontre agora na porta da sua casa, por favor — disse ela.

corri pra lá, e lá estava ela me esperando.

— oi, vamos entrar? — perguntei.

— vamos.

abri a porta, ela entrou e ficamos ali fazendo amor para sempre.

51

O bicho tá pegando

Ministérios públicos, tribunais de contas, tribunais de justiça, tribunais eleitorais, polícia federal etc., auditores e fiscais, as denúncias andam a toda, soltas e pegando todo mundo. Dizem que é o Estado democrático, da Constituição cidadã, mas me parece mais um fascismo disfarçado. Aliás, é assim sempre que um povo reage quando não tem uma estrutura básica de cultura e educação, largado durante anos pelos seus governantes, misturados no mesmo saco de todos os políticos, que mandaram uma ditadura militar sobre todos nós. Agora só resta reclamar.

Encontrei um amigo desesperado com um processo enorme pelo que ele nem sequer sabe direito o que fez. Uns procuradores recém-concursados, depois de um obscuro *procedimento,* o meteram numa encrenca daquelas. O caso não é o processo em si, mas o seu final que já está escrito de antemão, e você tem que batalhar muito pra continuar tocando a vida.

— Vou me defender até o fim — disse ele.

— O problema é que, se você for esperto, não vai ter fim; se não, você já está fodido — retruquei.

É assim mesmo, pra viver agora você tem que saber como colocar a cabeça de fora, senão te cortam ela. Tudo vai naquela denúncia daquele processo, ali dentro naquelas linhas bem arrumadas pelo texto do computador, com alguns carimbos e assinaturas. Se você ganhar algum dinheiro, também o tomam; dizem que é pro bem do país, mas não dá pra ver onde é que se coloca esse bem. Mas os procuradores, auditores, fiscais, policiais etc., e juízes concursados, pra fazerem jus ao seu salário, continuam aplicando a regra estabelecida por leis que foram feitas por pessoas normalmente já mortas ou quase. E então, para se escapar de tudo isso, parte-se pra bandidagem, pra economia paralela, pois dentro da lei arcaica e destituída de coerência não existe saída; e tome processo. Meu amigo que o diga.

Eu estava num ponto de ônibus querendo ir pra casa e um cara me abordou querendo vender uns produtos paraguaios.

— Meu amigo, o senhor teria um tempo pra mim — falou ele.

— Não — respondi sem ser escutado.

— Olhe aqui — abriu uma sacola —, tá vendo esses produtos? São todos de primeira linha. Primeiro tenho esse Viagra genérico, você pega qualquer uma com o pau que é uma barra de ferro.

— Meu amigo, não tomo nada que não tenha procedência definida.

— É isso aí, já vi que o senhor é gente fina, então veja só, tenho esta calculadora de bolso que faz cálculo diferencial.

— Meu amigo, não sou matemático, não preciso de cálculo diferencial no meu dia a dia.

— Como assim? — perguntou e continuou. — Todo mundo precisa. Por exemplo: se você compra dois produtos, você tem que calcular o custo de cada um e seus juros e coisa e tal, então essa calculadora faz isso armazenando as informações em até 100 memórias diferentes de cada produto diferente, taí o cálculo diferencial no seu dia a dia.

— Puta que pariu — pensei, cocei a cabeça e olhei pro cara que tentava me vender alguma coisa. Nesse momento, no meio desse gesto e pensamento, vejo dois pivetes correndo, catando a bolsa do vendedor, e fugindo pelo meio da multidão e o cara saindo correndo atrás deles, gritando:

— Parem seus filhos da puta...

Fiquei olhando aquilo tudo. Tinha acabado de viver o que acontece sempre por aqui, pelo Rio de Janeiro, e meu ônibus não chegava, pois dava pra ver lá longe na avenida uma blitz da polícia atrapalhando o trânsito.

Vou andar um pouco e ficar longe deste lugar; de repente me pegam — pensei.

— TÁXI.

Entrei. Ia gastar um pouco mais, mas logo estaria em casa.

Achava.

52

Ciúme quase mortal

Ela roía as unhas até o sabugo, mas mesmo assim arranjava um jeito de me arrancar sangue com suas unhadas em constantes crises de ciúme.

— Sabe Nora Astorga? — perguntou ela.

— Quem?

— Nora Astorga, ora! Ela foi uma mulher atuante na guerrilha sandinista da Nicarágua que acabou derrotando a ditadura de Somoza.

— Ah! Sim, lembro.

— Pois é, ela pertence ao rol das mulheres bonitas da América Central. Com essa beleza, ela seduziu o chefe de polícia da ditadura de Somoza e o levou pra cama, deu um porre nele e transou com o homem até ele apagar. Depois com um prendedor de cabelo, daqueles que espetam, vazou o coração do cara e, com a ajuda do seu grupo, sumiu com o corpo pelos fundos da casa enquanto os seguranças esperavam bem lá na frente.

— Por que você tá me contando esse caso?

— Pra mostrar o poder da mulher. Lá, lá, lá... — saiu cantando.

Comecei a achar aquilo tudo muito perigoso. Não sabia onde tudo ia terminar.

Acordei outro dia, e ela recitava uns versos assim, enquanto lia e os escrevia no papel:

Entreouvido
Entre quatro paredes
Muito comovidos
O amarramos entre redes
Fervido no fogo
Azeite fervido
Derramado no ouvido.
Em plena noite
De um dia antes
Por ciúme
Maldormido

— Que porra é essa? — perguntei.

— Um poema novo que estou escrevendo.

— Você nunca foi poeta. E além do mais, isso aí é horrível.

— Você não sabe reconhecer um bom poema. Você só fica na noite dando atenção a essas zinhas que se dizem artistas.

O seu ciúme tinha chegado ao máximo, pois naquela manhã, com aquele acordar, ao sair da cama, veio aquele vaso voando e quase acerta minha cabeça. Espatifou na parede.

Me mandei.

Alguns dias depois, coisas estranhas começaram a acontecer. Meu carro amanheceu pintado com tinta de parede rosa e pichado na porta: A FORÇA DA MULHER.

Mandei ajeitar o carro e fiquei uns dias fora do Rio. Desliguei o celular e meu telefone fixo; achei que assim, incomunicável, o recado que não queria mais papo com ela tava totalmente dado. Quando voltei, o porteiro do meu prédio, não sabendo explicar, me mostrou um machado de cabo curto, com plumas amarradas nele, como sendo o porquê de a porta do meu apartamento estar rachada ao meio e pixada: POCAHONTAS.

Não sabia mais o que fazer. Meu e-mail ficava sempre saturado por mensagens dela, meu celular eu não podia ligar, assim como meu telefone fixo.

Aí uma pedrada na janela. Achei demais, desci correndo pra ver se a pegava. Quando cheguei ela já tinha se mandado, e a antena do meu carro parecia uma escultura móbile de Calder, toda revirada, amassada e com um bilhete na ponta balançando ao vento: O AMOR SEMPRE MUDA DE LUGAR.

Aí ela parou.

Algum tempo depois, encontrei um conhecido num bar numa noite dessas.

— Luiz, como é que você se livrou da Paula?

— Como assim, cara?

— É que eu sei que você andou namorando com ela e foi foda de ela te largar numa boa.

— Ééé...

— Me dá uma dica cara, ela tá me atormentando.

— Passa a bola — falei.

Quando saí mais tarde do bar, vi um carro todo cagado de tinta rosa e com a porta pichada: A FORÇA DA MULHER.

Ainda bem que o carro não era mais o meu.

53

O homem de Neandertal

Ele era a própria descrição do que foi um homem de Neandertal, e ela uma Bonequinha de Luxo. O casal realmente impressionava quando andava junto pelas ruas da cidade. Ele grunhia, e ela sorria para todos. Ele suava só por existir, e ela sempre perfumada e maquiada de forma perfeita.

— Já imaginou eles fodendo? — falava o porteiro do meu prédio.

É, não dava para imaginar. Parecia que isso não poderia acontecer entre os dois, pois ele certamente a mataria esmagada, trucidada bem ali no quarto na cama deles durante qualquer ato sexual, até o mais brando dos atos imaginados. Mas de repente, o comentário geral: ela está grávida. E lá estava a Bonequinha com uma barriguinha crescendo, e o Neandertal caminhando na ponta dos pés pra parecer mais alto e mostrar todo o seu orgulho. E se foram os nove meses assim, desse jeito, sem mudanças, até nascer o Neandertalzinho.

Eles continuaram vivendo por lá da mesma maneira, e a criança ia se desenvolvendo muito mais rápido que as outras do lugar. Com três anos, já parecia um garoto quase todo desenvolvido, sem nenhum ar mais de bebê, só não sabia falar; grunhia como o pai. Aí veio a meiguice paterna, um presente pro seu filho, um filhote de pit bull. O pânico no prédio foi geral. Reuniões e mais reuniões do condomínio para saber o que fazer. Veio então a primeira manifestação pública do Neandertal:

— NÃO TOQUEM NO MEU CACHORRO.

O síndico tentava ponderar sobre o perigo daquela raça de cão imprevisível, mas nada adiantava, e o cachorro foi ficando por lá, e crescendo junto com a criança, e ambos ficando parecidos em comportamento um com o outro. Mais dois anos se passaram, e a criança e o cachorro, sempre juntos, começaram a ser o terror do prédio.

— Puta que pariu, não sei mais o que vou fazer pra controlar esse menino — falava o porteiro. — E aquele cachorro é bravo pra caramba. Além do mais caga toda a escada, a garagem e o play.

Eu não queria me meter, mas observava que a mãe do garoto — a Bonequinha — já não conseguia ficar mais tão bem maquiada. Me parecia que ela estava sempre chorando, pois o preto pintado no contorno dos seus olhos estava sempre escorrido pela face. E o Neandertal agora grunhia mais alto. Um dia escutei:

— Vamos dar um fim nesse cachorro — falava a Bonequinha. — Ele está perturbando todo mundo. Eu quero paz pra criar meu filho.

— NÃÃÃOOO! — grunhia o Neandertal.

Continuou a mesma situação; pânico e apreensão. Até mesmo sair de casa ou receber alguém, tinha de ser bem observado se o pit bull e a criança não estavam soltas pelo prédio. Mas aí, não sei quem tomou a decisão final, envenenaram o cão, que morreu bem na portaria, se contorcendo em convulsões sem fim.

O caos se formou. O Neandertal chegou e encontrou o filho chorando e abraçado ao corpo do cachorro. Ficou louco. Partiu pra cima do porteiro e lhe desferiu uma porrada que ele foi parar longe. Todo mundo correu. O Neandertal pegou a mesa da portaria, levantou e a arremessou contra o vidro da porta, espatifando tudo. Abriu o elevador, e arrancou com uma força descomunal a grade pantográfica, e fez com ela uma espécie de porrete e começou a quebrar todas as coisas pela frente. Partiu pra garagem e arrebentou vários carros. Mas de repente começou a parar, cambaleou, deu alguns passos e caiu. Não se mexeu mais, estava como o cachorro: morto.

Quando eu cheguei, as coisas já tinham acontecido. Vi e fiquei sabendo de tudo. E lá estava o cachorro morto na portaria e o Neandertal na garagem. A Bonequinha corria de um lado para o outro em prantos convulsos. É que o seu filho não desgarrava do cão e seu marido morto na garagem era total abandono de todos. A polícia chegou, o rabecão chegou e tudo foi voltando à normalidade.

Alguns dias se passaram, e a portaria ainda estava quebrada, bem como o elevador social. O porteiro ainda tinha um dos olhos inchado e roxo, e um caminhão de mudança decretava o fim cruel do romance entre a Bonequinha e o seu homem de Neandertal.

54

Passado
presente
sempre infinito futuro

Totalmente noite e estamos aqui sentados esperando a nave que partirá para Vênus, esse planeta agora mexido pelos homens e que se transformou em maravilhosa ilha cósmica tropical. Primeiro foram as algas azuis jogadas na atmosfera irrespirável, depois se esperou duzentos anos antes que começasse a chover sem parar e os vales fossem se enchendo de água e se transformando em oceanos com os peixes, levados daqui pra lá, assim como toda a vegetação hoje existente naquele planeta. Bem, agora só sei, que dentro de duas semanas, que é o tempo da travessia, estarei bem mais perto do Sol, naquela cabana a mim reservada, no alto de uma colina, com ela, minha musa minha amada meu amor.

A rua General Glicério fica ali em Laranjeiras, bairro bem conhecido do Rio de Janeiro. É aí nesse lugar que existe algo misterioso onde o tempo não pode ser medido.

Eu estava sentado em uma das escadas que ficam defronte dos prédios com outras pessoas. Conversávamos sobre como viver hoje se não temos a menor consciência do que se passa do outro lado da rua. É que do outro lado também podiam se ver outras pessoas sentadas conversando. Os universos de diferentes tipos de gente tão próxima. Tomávamos cerveja, e era dia. Todas as noites as coisas mudavam. Todos nós íamos pra ali nos encontrar e queimar a erva. Em outra época isso era totalmente proibido, e a erva, que na época era mais chamada de maconha, se consumida, poderia, por lei, te levar pra uma cadeia superlotada de todo o tipo de gente. O interessante é que os amores sempre aconteciam a distância. Me parece que agora de forma menos intensa que em outras épocas narradas. Sei de suicídios amorosos e súplicas à luz da lua.

Eu estava numa das escadas defronte aos prédios com outras pessoas. Um amigo meu passou. Ele adestra cães de todas as raças possíveis para seus donos que gostam desses animais dentro dos seus apartamentos. Tomávamos cerveja e queimávamos um bagulho, isso cada dia tava ficando mais perigoso, pois a polícia andava rondando em razão de denúncias anônimas. Olhávamos pras meninas do outro lado da rua conversando com uns caras. Estudávamos como nos aproximar pra ganhar algumas.

Eu estava em uma das escadas que compõem a arquitetura da rua e conversava com outras pessoas sobre épocas diferentes. Falava e me lembrava de ter lido que, muito tempo atrás, no ano de 1962, o escritor Nelson Rodrigues escreveu a peça *Bonitinha, mas ordinária,* onde em uma de suas passagens, ele diz: "Ela foi currada pela turma da General Glicério." Curra, eu nunca vi por aqui, mas brigas de morte, isso sim, sempre foi um fato corriqueiro.

As escadas ficam bem na frente dos prédios, e eu fico sempre ali conversando com todos que esperam a hora de encontrar alguém. Naquele dia chovia muito. Na realidade, chovia há quase um mês. Era verão, fevereiro; nunca me dei muito bem com esse mês. Eu tinha acabado de subir pro meu apartamento. Não consegui entender logo no início — hoje já sei de tudo — um grande ruído, algo nunca escutado antes, um ruído tão imenso que nossos ouvidos não conseguiram captar a razão. A montanha desceu — era o ano de 1967 —, e junto com ela vieram abaixo três prédios numa enxurrada de água e lama. A rua se encheu de desespero, angústia e dor. Mortes e mais mortes. Todos nós que sobrevivemos não esquecemos a tragédia e os amigos que se foram; jamais.

Estou aqui sentado nas escadas e hoje vou permanecer por aqui. As meninas continuam lá. As pessoas mantêm sempre o mesmo comportamento, só as coisas vão mudando ao seu redor. O tempo vai passando, e eu me olho no espelho e nada acontece, nem uma ruga. Meus amigos morrem, e eu aqui. Ainda não fui escolhido; me apavora a eternidade. De qualquer maneira, não é nada ruim entrar nessa época mais calma. Pois afinal os tiros dos traficantes do morro acabaram, e eu volto a subir o

Santa Marta e a namorar uma menina de lá. Fim de semana último tivemos outro jogo de futebol no campo lá de cima.

Foi aqui sentado, olhando pro outro lado, que pude vê-la pela primeira vez, ela e seus cabelos dourados. Já não é mais a década de 1940, quando todos os prédios da rua e suas escadas foram construídos. Muitos anos se passaram, e algumas construções foram substituídas por outras. Restam aqueles prédios, preservados e reforçados em suas estruturas para enfrentar o tempo e manter o retrato de outra época. Sentado nessa escada, comecei a conhecê-la melhor. Foi aqui o nosso primeiro toque de amor.

Agora é totalmente noite e voltarei ao espaço. A minha primeira viagem não foi tão longe, mas agora irei com ela a Vênus. Ficarei por lá bastante tempo Quando voltar espero, como sempre, encontrar as escadas defronte aos prédios e ficar ali sentado horas e horas, queimando a erva e bebendo o que me der na cabeça.

55

I, ME, MINE

Seus cabelos negros vinham antes de tudo, sua forma de caminhar era como uma dança, e aí, sem eu perceber, ela já estava junto de mim.

Loura muito clara, de pele tão branca que me parecia uma nuvem viva caminhando pelas ruas, e aí, sem perceber, ela já estava próxima a mim.

Os cabelos eram cor de mel, e nem sei por que ela andava sempre perto de mim.

56

Nuvem Cigana

Pro Guilherme Mandaro

Pro Charles

Pro Bernardo Vilhena

Pro Chacal

Pro Ronaldo Santos

Os dias rolavam como sempre, e a turma gritava com as veias estufadas no pescoço de cada um e a poesia acompanhava tudo pelo momento seguinte e sempre depois.

Nos anos que se seguiram todos eles continuaram lá, escrevendo e articulando cada momento. Não era fácil pensar um fim praquilo tudo. Na realidade, nenhum fim aconteceu.

— Oi, Guilherme, **que não seja o medo da loucura que nos obrigue a baixar a bandeira da imaginação.**

— Aprendeu rápido, hein, Luiz?

Com Guilherme teci inúmeras teorias sobre a baía de Guanabara. Fizemos um filme em super-8 juntos e lá estava essa imagem com o Pão de Açúcar ao fundo; depois, por caminhos diferentes de duração neste mundo, nunca mais nos encontramos. Mas antes combinamos assim: **fica abolida a morte como preocupação futura.**

Com Charles fiz outro filme, também em super-8. Andamos por aí algumas noites juntos pela cidade.

— **A sabedoria tá mais na rua que nos livros em geral** — falava ele.

— Charles, você lembra do disco voador que vimos juntos em Arraial do Cabo, naquele dia dos meus trinta anos?

— Ô Luiz, você acredita mesmo que vimos aquilo?

— Claro.

— **sou o que amo + o que minto**

— Tá bom, então ficamos por aqui — falei pra concluir nossa conversa.

Bernardo Vilhena, sempre amigo do peito. Às vezes passamos muito tempo sem nos ver, mas quando nos encontramos parece que foi ontem. Com Bernardo, elaborei inúmeros trabalhos como *Aos Desaparecidos* ou *Besame Mucho*, feito em 1973 e apresentado na Bienal de Paris de 1975. Outra foi a poesia/letra do *Vida Bandida*, escrita por ele para o meu filme musical *Rio de Janeiro — Brasil — 1975* e que virou depois um sucesso na voz do Lobão. Sua filha Rita e meu filho Domingos são primos de primeiro grau pelo lado de suas mães. Vi todo o movimento da poesia marginal aparecer por estar sempre ao seu lado. Vi também a *Nuvem Cigana* por ele. Li todos os seus textos.

É isso aí Bernardo, pois toda vez que passo por ali, na nossa praia maior, e por algumas ruas da nossa cidade, ou me mando pra Búzios, tenho de lembrar:

Mariposas em Copacabana
Maresia no vidro dos automóveis
Pivetes na avenida & armadilhas nas estradas

— Ô Chacal, fiz esse filme, *Chacal é o juiz*, em Super-8, lembra? Lá no Caxinguelê durante uma pelada que você tava apitando, e não jogando. Muitos acharam que era uma gozação, mas depois de todos esses anos, depois desse filme rodar por todo o Brasil, continuo com minha visão de 1976, onde pensava você como grande articulador das coisas da época. Pois é, esse seu talento foi confirmado nos CEPs da vida, e você continua aí, e agora recebo esse seu e-mail:

pela primeira vez ganho um troféu pela minha poesia. sei que embargarei minha voz e os olhos marejarão nos agradecimentos. é da idade. quem tiver de bobs, sem absolutamente nada para fazer e estiver passando pela porta do teatro, por favor entre para ver essa cena constrangedora. quem não puder ir, não perderá nada.
saudações siderais
chacal

Estou a fim de aparecer por lá, **mas aí, rápido e rasteiro:**

Vai ter uma festa
que eu vou dançar
até o sapato pedir pra parar.

aí eu paro, tiro o sapato
e danço o resto da vida

O Ronaldo Santos tava ali no Bar Joia, numa mesa com todos nós, já um tanto tocado, e de repente se mandou.

— Ô Luiz, cadê o Ronaldo? — perguntou um cara que se aproximou da mesa.

— Não tem Ronaldo nenhum — respondi.

— Como não? Tinha acabado de vê-lo aqui sentado com todos vocês.

— Olha, cara — falei —, o último que saiu daqui se chama **Roberval Tailor** e deixou a ordem pra **pagar a conta com uma folha de bananeira.**

57

Destino traçado ao amanhecer

Saio de casa, e estão ali os dois elevadores no fim do corredor. Se pego o primeiro, certamente o meu destino pelas ruas da cidade será bem diferente do que se eu esperar mais um pouco e pegar o segundo, chamado depois. Saio pela rua depois de ter chamado o primeiro elevador e ter descido até a portaria. Lá do outro lado da calçada tem um homem com seu cachorro na coleira. Se eu tivesse descido pelo outro elevador, esse homem já estaria mais distante e eu começaria a caminhar sem observá-lo. Assim as coisas vão acontecendo. Antes, junto ao homem na calçada com o seu cachorro, também estava uma mulher, parada na portaria de um prédio do outro lado da rua. Se eu chegasse depois, ela já teria saído pelo lado contrário do homem com o cachorro e eu não teria percebido nenhum dos dois. Caminhando pela minha calçada depois de pegar o primeiro elevador, uma bicicleta quase me atropela; se eu tivesse pegado o segundo elevador, a bicicleta já teria passado por esse lugar. Continuando a caminhar, um pouco atordoado pelo acontecimento da bicicleta, esbarro com ela, que tinha atravessado a rua e estava agora na minha frente. Se eu tivesse ido no segundo elevador, não teria bicicleta e não teria esbarrado com ela e também não teria motivo nenhum para pedir desculpa e assim conhecê-la e estar agora caminhando para encontrá-la outra vez.

58

Tatuagem

Era final da tarde quando o interfone chamou.

— Sou eu, Beatriz.

Abri, ela entrou.

— Por que você sumiu? Nem atende o celular. Já deixei mil recados na caixa postal e nada.

Eu estava um pouco chateado com ela, pois afinal nós estávamos ficando quase sempre.

— Queria te fazer uma surpresa — disse ela, tirando a saia e a calcinha. — Tá vendo aqui — continuou ela falando —, é a letra L tatuada, L de Luiz.

Não precisava tanta surpresa assim — pensei. É que Beatriz, nua da cintura pra baixo, me mostrava a xoxota toda raspada com a letra L tatuada no púbis lisinho. A letra tinha a ponta para baixo, parecendo uma seta em direção à racha da sua boceta.

— Olha aqui — falou ela. — Enquanto você ficar comigo vai ser a letra L. Mas repare bem que parece uma ponta de uma seta em direção ao meu grelo. Se você me largar, eu completo um dos lados da letra e aí ela deixará de ser um L e passará a ser verdadeiramente a ponta de uma seta. Compreendeu?

— Sim, compreendi.

Achei aquilo tudo um pouco demais, mas fiquei na minha. Afinal, a cabeça feminina muitas vezes tem razões muito estranhas. Mas depois dessa tatuagem, como por encantamento, comecei a namorar Beatriz.

Rolou muito tempo, e alguma coisa no nosso romance começou a não ir bem; então nos separamos.

Tempos e tempos, alguns outros namoros e um belo dia sozinho o interfone tocou.

— Sou eu, Beatriz.

Abri. Ela entrou.

— Que bom te ver — falou.

— Também tô achando — respondi.

Aí a primeira cena da tatuagem se repetiu: Beatriz tirou a saia e a calcinha, e lá estava a xoxota toda raspada e ainda com a letra L.

— Sabe Luiz, eu já ia começar minha tatuagem pra completar o lado da letra L e transformá-la definitivamente numa ponta de seta. Já estava depilada, deitada na mesa, quando pensei em me despedir desta fase da minha vida em que você foi meu namorado. Aí pensei em te ver e dar uma última trepada com você e com meu L ainda tatuado. E estou aqui. O que você acha?

Ora, pergunta mais maluca. Beatriz nua da cintura pra baixo me falando aquilo e eu com o maior tesão.

— Acho ótimo — respondi.

Então aconteceu a trepada, e depois outra e mais outra. E assim ficamos. E ali também ficou a tatuagem do L na xoxota da Beatriz. E eu fico olhando e admirando aquilo que ela fez, principalmente quando ela resolve se depilar todinha e ficar andando pela casa sem calcinha.

59

Performática

E ela apareceu pra mim já um tanto bêbada, cabelo bem curto, uma saia de veludo, sapatos altos com duas fivelas prateadas e um corpete branco bem apertado. Tudo muito agradável, tal como o seu rosto redondo com aqueles olhinhos negros.

— Ô Luiz, eu poderia ter economizado anos de análise se tivesse descoberto antes que sou gay — disse ela. — Olha, vê se não tenho razão: sou macho pra caralho e gosto de homem; logo sou gay.

Meio doidinha, mas linda — pensava. Como é que vou fazer pra me aproximar dela sem me apaixonar?

Tinha umas coisas nela que eram bem interessantes. Aproximar era um risco, mas talvez necessário. Sem isso as relações — qualquer uma — ficam totalmente sem sentido.

— Tô pensando numas coisas — ela falou. — Assim como pedalar nua pela orla da Lagoa. Vou toda pintada de verde, como um ser das profundezas abissais. Vou esconder um tanque de ar debaixo da água em um ponto marcado. Quando começar a juntar gente me acompanhando, e tiver chamado a atenção de todos, vou praquele ponto, mergulho e desapareço com meu equipamento de ar. E saio muito longe dali sem ninguém perceber.

— Ideia arriscada — falei.

— Sem risco não tem graça — continuou ela. — Mas preciso de apoio pra pegar minha bicicleta, levar minha roupa, pra eu me vestir, e me dar fuga. Você topa?

— Acho que sim.

— Tenho várias outras ideias de "performances urbanas". Uma é lá na frente da Rocinha. Vou montar uma banca de venda de produtos invendáveis, como por exemplo: um slide fotográfico fora de foco, uma fita gomada toda desenrolada e embolada, uma xícara quebrada, livros e cadernos que são só capas, um tubo de cola vazio e assim vai por aí. Tudo muito bem arrumado, parecendo um ótimo camelô.

— Mas por que na Rocinha, e não na praça Antero de Quental, por exemplo?

— Porque lá na Rocinha a interferência será direta, sem nenhum intelectualismo barato. Já imaginou? Lá tudo será direto, sem interpretações; tudo será totalmente absurdo. Topa me ajudar?

— Vou pensar.

— Quero também projetar um casal trepando na Central do Brasil.

— Como assim?

— É o seguinte: a cena é de um casal trepando. Aí vou projetar a imagem nas pessoas na hora de maior movimento da Central. A cena vai ganhar dinâmica com o movimento das pessoas circulando. Corpos nus por cima de corpos vestidos.

— Por que não projeta uma paisagem?

— E tem graça uma paisagem? Onde você tá com a cabeça, ô cara?

— Ééé... mas as pessoas podem não gostar. Aí vai ser uma encrenca das grandes.

— Cara, não dá pra pensar antes; tem que fazer e pronto. Você topa?

— Não sei.

Risco foi o que pensei quando a conheci, mas agora tá sendo perigo mesmo. Todos os dias ganho dela um beijo na boca e parto pra batalha de suas "performances urbanas". Tenho filmado e fotografado todas; entrego pra ela uma cópia e fico com o original. Estão vendo minha ordem mental? Pois é, arquivo tudo, pois sei que ela não tá nem aí. Qualquer dia também ela vai se mandar, sem querer me machucar. É o seu jeito reproduzido na última performance, na qual escreveu na parede de um edifício, no centro da cidade, um poema seu e ficou horas em pé do lado do escrito, com um vestido preto, uma peruca branca, boca azul e o rosto, os braços e as pernas pintados de vermelho.

E o poema era assim:

Você já viu
a cor da minha pele
e o tom do meu batom?
Vou continuar meu caminho
nem pense em me seguir

não estarei sozinha
mas não estarei aqui
vou partir corações
vou beijar corpos e bocas
e saciar minha fome
e quando não puder mais
vou ficar bem velhinha
vou ficar bem sozinha
vou morrer de mansinho
pra ninguém ficar sabendo
pra ninguém ficar pensando
ela foi e não é mais

60

Meu pai, o poeta

Se não for pela poesia,
como crer na eternidade?
Alphonsus de Guimaraens Filho

Ele vagava pelas praias desertas sempre ao final da tarde, com um olhar profundo de quem vê algo muito além do descritível. Assim formava imagens. Seu andar sempre instável parecia navegar sobre as ondas. Ele era puro carinho conosco ainda muito crianças. Não conseguíamos compreendê-lo dentro daquele corpo quase ausente e de pura alma.

Luiz, Luiz, Luizito,
amoreco de garoto;
eu pego este maroto
pensando que é mosquito
e zás... mas que alvoroço!
É brinquedo, Luizito.
Você pode ser bonito,
pode ser um belo moço,
que eu não flito.

Ele escreveu e recitava isto para mim quando eu era ainda muito criança. E "flitar" era bombear inseticida, exatamente o que faz hoje o spray.

Ele brincava assim conosco, comigo e com meu irmão, e segurava, meio sem jeito, minha irmã recém-nascida.

O ano era de 1953, e seus poemas fluíam naquela praia deserta, onde tínhamos uma casa, e onde a areia chegava até nossos pés ao primeiro passo pra fora. Poemas e mais poemas e mais um livro. Nasci vendo isso todos os dias e sempre. Mas naquele ano um de seus poemas se perdeu no fundo de uma gaveta de um móvel qualquer daquela casa. Fomos embora, voltamos pra cidade grande. Anos se passaram, e já quase adulto me deparei com o achado, devolvido a ele pelas mãos de minha avó materna. Fiquei totalmente tomado por tudo aquilo — o poema e sua história —, um poema perdido, esquecido e achado. Mas o mais fantástico de tudo era o que estava ali escrito; e era assim:

O DELFIM

Deu-se que não havia chá, nem salão, nem mesmo a dama que me esperava.

— O delfim estará?

— Senhor, o delfim é ausente.

— Então três chávenas de chá-da-índia! Três chávenas de chá-da-índia!

(Pausa.)

— Mas... o delfim é ausente?

— Senhor, o delfim é morto desde os idos de dezembro.

— Então três chávenas de lua! Três chávenas de lua! Por Deus, três chávenas de lua!

61

Pintura

Tenho pintado telas com palavras. Quem as conhece não vê novidade nisso, mas agora é diferente. Não importam mais as palavras que uso, só o uso que dou a elas.

Minhas telas ganham palavras como imagens. Então você pode somente ver as telas e, se quiser, só as ler, ou ambas as coisas: ler e ver.

Minhas telas são representações de textos. Parecem grandes livros abertos.

Tenho também inventado escritas inexistentes que se compõem conjuntamente com textos totalmente compreensíveis.

São panoramas pictóricos absurdos inexatos.

São palavras e frases soltas que retratam a sua própria imagem. São também imagens que criam o seu próprio significado.

São alegoria e vendaval. Samba e tempestade. Redemoinho e Saci-Pererê. Enigma e camuflagem. Alquimia, paisagem e turbilhão.

Frases e mais frases soltas, escritas com nexo ou não. É assim que se constrói o texto a ser lido ou visto pintado, mas de qualquer forma captado pela retina.

Uso a escrita e as pinceladas na tela, pois o contínuo das palavras, uma após a outra, e o movimento do gesto dos pincéis, um após o outro, criam em mim a sensação da eternidade.

62

Ela

— Ela é quase um roteiro.
Ela dorme
Ela trabalha
Ela se embala
com meu sono
— Aqui alguma imagem pode ser pensada.
Ela me ama
pelo menos acho
— Imagem pra ser fixada.
Ela fica ali parada
na frente do computador
trabalhando e pensando
na vida e no seu amor

63

Uma existência em nós

Essas coisas crescem em nós: unhas, pelos, pele. Tudo podia ser bem mais devagar, não crescer tão depressa, tudo passando tão lento que só em dez anos conseguiríamos ver um pedaço de unha para cortarmos. Viveríamos então trezentos, quinhentos ou até mil anos. Não sei se aguentaríamos tanto, mas vale a pena imaginar.

64

Paisagem

****
****
****
*******************hoje***************************************
*********************te**********************************
******************mostrarei**********************************
*********************as**
*******************mais***************************************
********************incríveis*********************************
*******************paisagens*********************************
********************de**
*******************Órion**************************************
****
****
****
****

65

Paisagem II

As paisagens são formadas por horizontes, figuras, visões e pensamentos.

Naquela colina, toda manhã ela passava como o vento
e eu ficava vendo seus cabelos voando.
Bem cedo eu saía de casa
e ela passava correndo.
Suas pernas imprimiam tal movimento
que uma névoa parecia existir ao seu redor.
A menina das pernas de nuvem.

Continuarei falando sobre ela.
Não é nenhuma poesia.
É só minha visão surpreendida por esse acontecimento.

66

Site em construção

Tem uma dupla de amigas que são amigas da minha mulher. Uma é escritora e faz um tremendo sucesso falando exatamente de outras mulheres. Minha mulher é uma cientista que também escreve, e a outra publica esses livros; são todas bonitas e poderosas. Por vezes nos reunimos e nos divertimos conversando — todos nós com seus pares —, nunca sobre coisas mais sérias.

No nosso último encontro, estávamos com mais outras pessoas conhecidas, numa reunião na casa de uma designer, e falávamos sobre o dedo anular, aquele dedo que carrega a aliança. Existe uma regra de medida que, ao fecharmos os dedos um de encontro ao outro, o dedo anular, nas mulheres, não pode ser menor que o dedo indicador. Junte os dedos de sua mão, qualquer uma, e você verá o polegar, o indicador, o médio, o anular e o mínimo. Então preste atenção: se o dedo indicador for maior que o anular, você deverá ser um homem; se você possuir essa característica e for uma mulher, você terá uma forte tendência a ser sapatão. O contrário acontece: se o dedo indicador for menor que o anular, você deverá ser uma mulher; se você possuir essa característica e for um homem, você terá uma forte tendência a ser veado.

Já imaginou a discussão interminável sobre algo a ser mensurado assim?

Nesse dia, lá nessa reunião, os homens ficaram logo meio mal e mudaram a conversa, mas continuaram observando as mulheres, que nunca se davam por vencidas e travavam um acalorado embate. Pois é, nesse nosso último encontro, durante a reunião, nenhuma das mulheres presentes queria ser menos feminina que a outra; e assim ficamos todos, as debatentes e os observadores. A noite foi passando, nos divertimos e, aí lá pelas tantas, resolvemos ir embora. Descemos todos do apartamento que estávamos e, na rua já escura, escutei uma voz feminina que não identifiquei.

— Acabo de descobrir minha bissexualidade, pois tenho o dedo anular do mesmo tamanho que o indicador.

— As mulheres só se revelam no escuro — uma voz masculina falou.

— Seu macho escroto — a voz feminina respondeu.

— O dedo anular carrega a coleira dos homens — outra voz masculina falou.

— Seu babaca — respondeu outra voz feminina.

— Ééé... Podemos imaginar qual será o assunto da nossa próxima reunião — falou Rafael, que tinha acabado de lançar um livro de contos, por título: *Entre as mulheres.*

67

A inspiração pode ser tudo, mas a falta dela pode nos trazer surpresas

Queria escrever um texto magnífico, mas não apareceu nenhuma ideia; somente a imagem da não inspiração percorreu minha cabeça. Liguei a cafeteira e fiz um café forte pra despertar minha mente pensante. Me veio então a consciência de que toda vez que penso eu não escrevo.

Saí caminhando por aí, estava sem vontade de nada, então a caminhada não teria nenhum objetivo, a não ser a de manter a minha existência ativa. Consegui atravessar várias ruas e chegar na praia. Lá o mar tinha acabado de passar por uma ressaca e aparentava calma apesar de mostrar na areia o que ele era capaz de fazer ao nos devolver todo o lixo que jogamos nele. Fui até a água e molhei meus pés; nisso, ela se aproximou e disse:

— Oi.

— Oi — respondi.

— O que você está fazendo aqui? — perguntou.

— Nada — respondi.

— A praia está quase deserta — comentou.

— É sempre assim depois das ressacas — falei.

Ela usava um chapéu de abas largas e uma túnica branca por cima de uma pele quase igualmente branca. Olhando bem sua pele, ou o que estivesse por baixo da túnica, parecia brilhar como prata.

— Você não tem medo do sol? — perguntei.

— Não, me protejo muito bem — disse ela.

Achei que já a conhecia, mas não sabia de onde.

— Vamos caminhar um pouco? — perguntou ela.

— Vamos — respondi.

Seguimos pela areia, trocando sorrisos e olhares que pareciam sempre ter um significado compreendido por nós dois. Achei aquilo meio estranho, pois não acredito nesse papo de alma gêmea.

— Sabe? — falou ela. — Todo dia depois de uma tormenta venho passear por aqui. Assim posso me aproximar de alguém que também faz o mesmo que eu.

— Tormenta? Mas só vi uma ressaca — perguntei e disse.

— Vejo sempre as tormentas em alto-mar — falou ela.

— É... Mas eu estou aqui por acaso. Eu queria escrever um texto, mas não consegui, então resolvi passear — falei.

— Que maravilha. Então você é um escritor? — perguntou ela.

— Nas horas vagas. Mas como tenho sempre muitas horas vagas, estou sempre escrevendo — falei.

— Minhas horas também são vagas... — falou ela com um olhar perdido no horizonte.

Essa frase é interessante — pensei. Vou roubá-la pra mim. "Minhas horas também são vagas" tem muitos outros significados, principalmente olhando as vagas do mar e esse jeito aéreo, vago, dessa minha acompanhante vaga aqui nessa praia.

— vagas horas/ vagas existências/ vagos momentos/ momentos vagos/ nenhum momento ocupado/ e eu vagando por esse mundo/ por essas águas... — falou ela como se recitasse um poema.

— Que é isso menina? — perguntei.

— Gosto de brincar com as palavras — respondeu.

Continuamos caminhando pela praia de maneira quase ausente. Me sentia encantado por aquele momento, por aquele encontro com alguém que eu não conhecia e me sentia tão próximo.

— Gostei de você — falou ela. — Não vou te levar comigo.

— Como assim? — perguntei.

— Vou me molhar; não posso ficar tão seca assim — disse ela sem me responder.

De repente, correu para a água, entrou com sua túnica e seu chapéu e mergulhou. Fiquei sem saber o que fazer. Caminhei até me molhar e parei. Seu chapéu e sua túnica boiaram na espuma da próxima onda e vieram até minhas pernas; peguei os dois — a túnica e o chapéu — e fiquei tentando ver aquela menina tão jovem subir novamente à superfície. Nada. Quase enlouqueci. Mas aí um riso e um barulho forte na água me guiaram o olhar: era ela, com cabelos longos e quase vermelhos antes escondidos pelo chapéu. Pulou alto pra fora da água, e seu corpo, já sem a túnica, brilhou prateado. Acenou pra mim, e corcoveando como um golfinho sumiu no mar. Fiquei ali estático e olhando para o profundo verde marinho.

Na minha casa, horas depois, coloquei a túnica e o chapéu sobre o sofá. Naquela noite eu dormi profundamente. Tudo tinha parecido um sonho. Ao amanhecer, em cima do sofá, só restavam algas começando a ressecar. Como se tivessem sido retiradas de véspera, ainda frescas, do mar.

68

Do outro lado

Hoje estamos aqui esperando por você. Nada irá mudar o nosso modo de observar esta espera; assim todos os dias passarão sem serem percebidos.

Você é a pessoa mais querida por aqui neste pedaço. Imagine que, quando você chegar, todos nós faremos uma enorme festa com fogos de artifício e luzes. Não é possível dizer nem precisar o tempo que você levará na sua travessia. Porém nada importa, ficaremos aqui e não sairemos deste lugar.

Por esse tempo agora, comentávamos o grande trabalho que você realizou durante sua vida. Todas as coisas que você criou foram colocadas nas páginas que estamos lendo então. Antes as páginas vinham de formas esparsas organizadas em livros, mas agora devoramos todas, uma seguida da outra, como você as escreveu nas velhas folhas de papel, nos cantos de jornal, nos papéis de seda...

Construímos a afirmação de que as estrelas nascem assim: Você parte com sua obra e, como uma poeira cósmica, atrai outra e mais outra, somando com os leitores do que você escreveu, mais partículas e mais milhares de outras, formando um pequenino agregado de matéria que atrai mais matéria e compreensão do que se leu, num crescente sem fim. Tudo depois se torna tão denso que explode numa fusão nuclear luminosa, maravilhosa, porém impiedosa com aqueles que não sentem o seu calor.

Continuaremos aqui e veremos sua chegada. Você virá por aquela planície, mas mesmo ao longe, conseguiremos ver o seu caminhar inconfundível. Ficaremos todos de pé, e quando você ultrapassar nossa fronteira, te abraçaremos e te apresentaremos a sua nova terra. Você é bem-vindo; aqui só haverá o futuro.

69

A poetisa

Todos os dias eu passava caminhando por aquela porta. Não me importava o sentido a ser seguido, só pensava naquela menina à beira da loucura. Mais uma vez eu estava indo pra encontrá-la. Ela pensava num amor inventado e não conseguia parar de chorar por ele. Naquele dia a achei no seu quarto, banhada em lágrimas e sangue do seu rosto arranhado por um desespero louco de solidão. Estava sentada no chão sobre centenas de folhas escritas com seus poemas. À sua volta tudo era brilhante e luminoso, tudo bem maior que todo o seu desespero. Ao me ver, mais uma vez correu, me abraçou e deitou no meu colo. Fiquei horas ali até sentir que a tinha salvado por mais um dia. E ela era ainda quase uma criança.

por esse caminho
não tenho paz
só me resta a memória
de quando estávamos
por sobre as ruínas abandonadas
daquele solar
bandeiras ensolaradas ao vento

o sol de dezembro na minha retina
e você deitado
já quase morto
e eu esperando o seu fim
pra que eu pudesse renascer naquele dia

70

Alguns encontros deixam marcas que não saem nem esfregando

Estava indo por uma rua do Leblon quando a encontrei olhando e procurando algo na calçada.

— Oi, Gabriela, que qui você tá procurando?

— Oi, Luiz. Tudo bem? É que perdi a pedra do meu anel.

— Te ajudo a procurar, mas me diga como ela é.

— Isso é muito sério. Não se pode perder algo que carrega milhares de lembranças e vivências — falou ela.

— Calma, Gabriela, nós vamos encontrá-la.

— É uma pedra amarela do tamanho do meu polegar.

— Então é uma pedra grande.

— É.

— Você tem certeza que ela caiu por aqui?

— Não tenho certeza de nada.

— Gabriela, você tá parecendo uma fera caçadora em busca da pedra do anel.

— Mas é claro. Esse anel andou por gerações nos dedos dos meus antepassados. Ficou escondido na Segunda Guerra Mundial e só foi usado novamente na fundação do Estado de Israel por minha avó, que depois me deu.

— Tá bem. Então vamos atrás da história. Onde você estava antes de chegar aqui?

— No Shopping Leblon.

— É. Estou vendo suas sacolas. Me dê todas elas aqui.

— Por quê?

— Vamos olhar dentro delas. Acho que pelo jeito que você as está carregando, é bem provável que a pedra esteja aí dentro.

Começamos a examinar as inúmeras sacolas que estavam nas suas mãos e encontramos a pedra; estava lá numa delas. Gabriela me pregou seus olhos azuis cheios de lágrimas e ficou me olhando. Peguei-a pela mão e entramos num bar.

— Garçom, dois chopes — pedi. Gabriela foi se acalmando.

— Luiz, você parece Sherlock Holmes.

— Sou o próprio.

Daí em diante, toda vez que encontro Gabriela, antes de qualquer coisa, aparece a imagem da pedra do anel amarelo. É assim como se tivesse uma pedra de toque pra começar o assunto entre nós dois.

71

No sul da Bahia

Partindo da rodoviária do Rio em direção ao sul da Bahia, eu tinha um caminho árduo por essas estradas esburacadas do Brasil. Pra piorar, um banco duro no ônibus me acompanharia todo o tempo. Estava indo pra casa de um amigo em Trancoso para realizar um trabalho e esperava ficar por lá uma boa temporada.

A viagem transcorreu normalmente até a divisa do Espírito Santo com a Bahia. Já entardecendo, tivemos que esperar algumas horas pra seguirmos em comboio com outros ônibus, evitando assim os assaltos noturnos no próximo trecho da estrada.

Tudo seguiu aos trancos da suspensão, dos pneus de encontro aos buracos da estrada e mais as trocas incessantes de marchas e o ruído do motor. De repente, tiros. O último ônibus do comboio estava sendo assaltado por bandidos, que aproveitavam um momento dos ônibus quase parados por um desvão da estrada provocado pela chuva do dia anterior.

Barulho, gritos e depois a fuga de um furgão com o produto do roubo. Tudo muito rápido.

Eu, como sempre, viajava com uma mochila, uma garrafa d'água e uma garrafinha de bolso com licor de Strega: licor amarelo muito forte, criado por bruxos, pra afugentar os maus espíritos. Afinal eu tinha de me precaver, pois estava entrando na Bahia, terra da magia e de estranhos acontecimentos. Como nada pude fazer com relação ao assalto, tomei um gole do licor e me acomodei na minha cadeira.

Tudo passou e ninguém foi ferido. Assim a viagem continuou até o amanhecer e quase o entardecer do dia seguinte, com paradas pras refeições.

Depois de 1.200 quilômetros e um tempo interminável, chegamos a Porto Seguro. Lá estava aquele marco colocado pelos portugueses na sua primeira chegada à nova terra.

Peguei um táxi até o rio, atravessei de balsa e embarquei num ônibus comum até Trancoso. Cheguei na casa do Fernando.

— Porra, Luiz, você demorou pra caralho — essa foi a recepção do meu amigo pra mim.

— Cara, que ônibus de merda que você me indicou — falei.

Fernando não prestava muito atenção nas coisas nem em ninguém e continuou falando:

— Temos que partir logo, pois tem um barco que tá saindo agora pro Espelho da Maravilha. Se não o pegarmos, só daqui a três dias.

Eu estava pregado com a viagem, mas coloquei a mochila nas costas e parti. É que Fernando tinha me contratado pra fazer umas fotos de um poço de água mineral que brotava no solo de uma de suas fazendas no sul da Bahia.

Chovia fino, era início da primavera e o entardecer ficava levemente frio. O barco jogava num mar não muito calmo, quando de repente paramos no meio do nada, em um local muito afastado da costa.

— Onde é que eles estão? — berrava o mestre no leme.

— Não sei — outro respondeu.

— Se não os acharmos logo, vai anoitecer e eles estão perdidos — falou mais alguém.

Não dava pra entender quem a tripulação do barco procurava, porém eu, que nada sabia, vi ao longe dois pontos como duas cabeças pra fora d'agua.

— Se são aqueles, estão mais lá no fundo — disse, apontando.

Ninguém me respondeu, mas tocaram o barco pra lá. Assim, de repente, subiram a bordo um homem e uma criança quase congelada. Os dois tinham um arpão na mão e uma fieira enorme de peixes amarrada na cintura. Pareciam figuras mitológicas ligadas a Netuno, com a pele acinzentada e enrugadas pela água e pelo frio. Logo lhes serviram cachaça e jogaram um cobertor sobre eles. Todos ficaram em silêncio, e o barco tomou de novo o seu rumo.

— Esses caras são malucos -— finalmente meu amigo Fernando falou alguma coisa. — O barco os larga, vai buscar passageiros e volta. Se algo der errado, eles morrem. Essa é a pesca de mergulho com arpão em alto-mar que a turma daqui faz. Volta e meia um desaparece.

Com toda essa água à volta, o balanço do barco e o medo ali presente por termos quase perdido alguém, me veio à mente o conto *A pesca da baleia*, escrito nessa região na primeira metade do século XX pelo meu tio João Alphonsus. Escritor mineiro, um dos maiores contistas de sua época, que, desgarrado das montanhas, narrou o medo do mar e da pesca, a vida e a morte nessas águas e terras do sul da Bahia.

— Ô Romão, ô Paulinho — falou o mestre com um gesto de cabeça na minha direção —, se não fosse esse turista ver suas cabeças ao longe, não sei não, acho que teríamos perdido vocês. O olho dele é mimado; não é como o nosso queimado de sol, não — todos riram e em seguida me deram um gole de cachaça pra beber.

— Ganhou o pessoal — falou o Fernando pra mim.

Puxei a garrafa de licor de Strega da minha mochila e ofereci pro mestre, que tomou um gole e mais outro e falou:

— Que bebida maravilhosa.

Pronto, a garrafa secou com todos querendo provar, mas eu não mais precisava da proteção do licor, pois já a tinha ganhado de todas as pessoas dali.

O atracadouro do Espelho da Maravilha, pra onde estávamos indo, chegou depois de quase mais uma hora navegando. Ficava numa colônia de pescadores com várias casas e um pequeno armazém. Saltamos com água pela cintura, e eu com minha mochila elevada pelos braços pra não deixar molhar minhas roupas nem meu equipamento fotográfico que estava levando.

— Ô turista, qual é o seu nome? — perguntou o mestre.

— Luiz — respondi.

— Então ô Luiz, vem pra dentro pra beber alguma coisa.

Eu estava cansado de uma viagem, que desde o Rio de Janeiro parecia não acabar nunca, mas, sem opção, entrei naquele armazém. Me serviram um copo de cerveja, e logo um prato de peixe frito estava na minha frente. Não demorou muito pro Fernando me falar:

— Vamos embora, ainda temos alguns quilômetros de praia pra chegar na minha fazenda.

Coloquei novamente a mochila nas costas e parti. Seguimos pela areia dura da praia, atravessamos um riacho e subimos uma colina, aí já com a luz de uma lanterna. Era noite quando chegamos na fazenda do Fernando. Só consegui olhar a porta de um quarto com uma cama, e me atirar nela e gritar:

— Daqui não saio mais.

Tudo se apagou pra mim.

Aquela luz enorme invadiu tudo. Estava amanhecendo no Espelho da Maravilha. Eu tinha dormido profundamente a noite toda e agora via o mar totalmente azul na minha frente por uma janela que ia do teto ao chão do meu quarto. Olhei à volta, levantei, fui ao banheiro e depois caminhei pela casa, cheguei na cozinha.

— Ô senhor Luiz, ô sinhô qué um café forte? — perguntou uma negra de meia-idade e bem bonita.

— Quero — respondi.

— O seu Fernando mandou eu cuidar do sinhô e te alimentá bem.

— Por falar nisso, cadê ele?

— Foi buscar os cavalos pra vocês irem até o poço d'água.

— Qual é o seu nome?

— Jacira.

Então fiquei ali, comendo e olhando Jacira de encontro ao fogão e uma porta aberta para o mar e coqueiros. Na realidade, pra uma enorme plantação de coqueiros. Fernando plantava sem parar um coqueiro ao lado do outro até perder de vista. Pensava assim fazer seu pé de meia pra velhice como um grande fazendeiro produtor de coco. Ele não deixava que bebêssemos a água de nenhum deles, pois cada coco era sempre uma nova muda pra um novo coqueiro.

— Ô LUIZ, JÁ ACORDÔ? — entrou Fernando berrando pela porta da cozinha.

— Que é isso cara, quer me matar de susto?

— Já tô com os dois cavalos aí pra partirmos pro poço. Quero chegar lá ainda pela manhã. E além do mais se demorarmos muito, Jacira vai acabar te comendo.

— Que é isso, seu Fernando? — falou Jacira.

Fernando não deu a menor atenção pra ela e saiu porta afora. Peguei meu equipamento fotográfico e saí atrás dele.

Uma duas horas a cavalo, indo lento por terreno bem arenoso, chegamos a um braço de mar. Dali se avistava ao longe o monte Pascoal. Seguindo esse braço de mar, atingimos um local onde se podiam ver vários barcos parados, se abastecendo da água que rolava por uma pedra e formava um riacho que desembocava no mar.

— ESSA MAMATA VAI ACABAR — gritou Fernando pros pescadores dos barcos. Eles riram, parecendo conhecer bem o Fernando.

A água era extremamente pura e já tinha sido analisada em Salvador. Faltava somente uma documentação fotográfica para entrar definitivamente com o pedido de industrialização da água que era puramente mineral.

— Sabe, Luiz? — disse o Fernando. — Aqui no sul da Bahia não tem ninguém produzindo água engarrafada, e este é o meu sonho atual. Água engarrafada com preço pra desbancar qualquer concorrente por aqui. Só que tá foda, as grandes empresas já ficaram sabendo e ficam me embarreirando lá em Salvador, e as autoridades, compradas, inventando exigências e mais exigências pra me darem a licença. Agora é essa de documentar o poço fotograficamente. Eu já tinha levado umas fotos, mas eles querem todos os mínimos detalhes e, mais, saber por onde vou escoar minha produção. Então temos que fotografar o poço e depois seguir caminho pela picada por entre a mata, demonstrando onde abrirei a estrada pela minha fazenda até chegar a uma estrada secundária, que fica a dez quilômetros daqui.

— Porra, Fernando, a estrada tem que ser marcada em fotos de satélite.

— Os caras não querem saber de satélite. Tem que ser aqui por baixo mesmo, no meio da mata.

— Não vai dar pra fazer tudo num dia.

— Claro que não. Vamos acampar no meio do caminho. Por isso essa cangalha nos cavalos, que são as barracas e o suprimento.

Fernando, como de costume, não tinha falado nada dos seus planos, mas eu não podia reclamar, pois também não tinha perguntado nada. Comecei a trabalhar.

O dia estava lindo, e a fonte de água facílima de ser fotografada. Seguimos logo depois por um caminho que levou à casa de uns dos caseiros do Fernando; lá demos uma parada pra tomarmos um café. Pela primeira vez, comi cacau na forma de uma fruta, e não na de chocolate. O gosto era bom. Logo continuamos nosso caminho. Foram dias bem diferentes do que eu estava acostumado na cidade grande. Macacos, aves e rosnar de onça à noite foram nossa companhia.

— Pronto, chegamos à estrada de onde posso abrir o caminho até o poço — disse Fernando.

— Cara, achei em alguns momentos que estávamos perdidos na mata — falei.

— Eu nasci e fui criado aqui, Luiz. Conheço tudo.

— E agora, como vamos voltar pro Espelho da Maravilha? — perguntei.

— Nada disso, vamos deixar os cavalos na casa de um compadre meu e vamos pegar uma carona de caminhão até Trancoso. Pense, nós vamos fazer um círculo completo, pois saímos de Trancoso, fomos pelo mar até o Espelho da Maravilha, seguimos pelo litoral até o poço, entramos pro interior e chegaremos em Trancoso por trás.

Essa brincadeira toda tinha consumido uma semana, e minha cabeça rodava, pois, desde que saí da rodoviária do Rio de Janeiro, ainda não tinha parado de viajar. Pegamos a tal carona, mas no meio do caminho escutei o Fernando dizer:

— Vamos saltar aqui, pois tem uma serraria e eu quero comprar umas madeiras pra segurar um pedaço do teto do meu cinema.

Fernando mantinha um cinema funcionando na praça principal de Trancoso e projetava, à moda antiga, clássicos em 16mm que ele conseguia emprestado na cinemateca do MAM no Rio. Depois fazia um malote, enviava e recebia de volta outra leva de filmes. Era um local cult onde todo mundo se encontrava.

Bem, saltamos do caminhão, compramos as madeiras numa serraria que tinha a placa LICENCIADA PELO IBAMA e seguimos depois de carona num Fusca. Finalmente chegamos na casa do Fernando em Trancoso. Tomei um banho no rio que passava atrás da casa e me joguei num canto. Fiquei ali horas até escutar outra vez o Fernando falando :

— Vambora, tem uma sessão no meu cinema que tá começando.

Estava eu outra vez de pé, e agora caminhando pela praça central de Trancoso sem acreditar no que via. Tereza, amiga, namorada, amante, sei lá o quê, parada na frente do cinema.

— Ô Tereza o que que você tá fazendo aqui? — perguntei.

— Te procurando. Sabia que você vinha pra Trancoso, e é aqui no cinema que todo mundo se encontra. Deixei o Jairo no Rio só pra te encontrar. Acho que ele não ficou muito feliz, mas paciência — ela respondeu.

— Você sempre quis me namorar, mas se casou com outro. Você sempre disse que comigo não teria futuro, porém não para de me procurar. Já se passaram anos, mas é sempre a mesma coisa. Você encontra comigo, mas já vem falando do outro com quem se casou. Já te disse um montão de vezes que não tenho o menor interesse em ouvir esse nome. Já sei que você vai dizer que é apaixonada por mim, mas vai continuar mencionando o outro. Já tentei que você não aparecesse mais, mas você sempre me encontra. Assim passam os dias, e você aparecendo e eu como um homem me deixando levar sem compreender por quê. Só sei que seus olhos e seu sorriso me seduzem sem parar...

Bastou essa última frase pro meu discurso ser interrompido com um beijo na boca. A cabeça rodando em uma viagem interminável, já nem sabia mais o que era realidade. Será que os sonhos se constroem assim?

Vamos parar esta história por aqui, pois ela é interminável, uma coisa puxa outra, num movimento sem fim de quem escreve e se lembra de acontecimentos vividos e estruturados por palavras colocadas neste texto.

Tereza continuou ali do meu lado...

Ponto final, ou não.

Cada momento que passava trazia uma luz, uma cor diferente, assim como aquele caminhar do poente do sul da Bahia.

72

Aqui ou em qualquer outro lugar

Se pudermos, nós estaremos lá. Todas as noites nos encontraremos e pensaremos em algo para fazer. Somos prisioneiros de uma cidade inquieta. Em cada esquina, uma pessoa; em cada pessoa, uma ocorrência próxima à loucura. Não é bem a loucura comum, mas as diferenças entre nós é que nos fazem sempre loucos uns para os outros. Precisamos nos tocar e trocar respirações, para aí percebermos que pertencemos a um projeto comum de vida. Somos sempre muito estranhos quando juntos. Não nos reconhecemos em ninguém. Nenhum sonho se assemelha à mais incrível realidade das diferenças. Somos sempre muito diferentes uns dos outros aqui, ao ler este texto, ou em qualquer outro lugar.

73

Tem sempre alguma coisa zoneando nossa vida

Sentado na areia da praia, via na minha frente o mar com uma lua cheia refletindo na água. É claro, que se existe um reflexo de luz da lua na água, é porque é noite e é claro também que uma imagem como essa narrada é sempre acompanhada de alguma poesia; mas junto disso tem sempre alguma coisa pronta pra destruir tudo isso — a imagem e a poesia — sem se preocupar com você. O caminhão de lixo foi a primeira delas: fez um esporro monstruoso ao recolher as latas de lixo repletas de cascas de coco, lá em cima na calçada. Depois foi o quadriciclo do PM, rodando pela areia, que interrompeu a imagem do reflexo da lua na água. Nada adiantou ele passar por ali, pois a seguir três pivetes se aproximaram e partiram pra fazer um ganho num casal abraçado à luz do luar. A mulher começou a uivar histericamente, e o homem ficou imóvel, como que congelado. Aí eu gritei: "VÃO PARAR COM ESSA MERDA AÍ." Os pivetes, sem saber direito de onde vinha o som do meu grito na noite, se assustaram e se mandaram com o celular do homem destruído no seu romance com a mulher. Depois disso tudo, me levantei, limpei a areia em mim e fui embora de costas pra paisagem-imagem e pra poesia.

74

MARGOT

— Cada pedaço de alguma coisa é só um pedaço. É assim que me sinto todos os dias, só um pedaço, na realidade só uma ínfima parte desse mundo e nada diante do universo.

— Que besteira, Luiz — falou ela. — Nós somos tudo.

— Como assim, tudo? — perguntei.

— Se não fôssemos tudo, você nem poderia estar dizendo o que disse aí.

Margot levantou, pegou um copo de água gelada e o bebeu todo, de uma só vez.

Realmente não somos tudo, mas tenho que admitir que tudo fica melhor perto dela — pensei.

Margot jogava vôlei profissionalmente. Eu bebia, pintava meus quadros e escrevia nas horas vagas. Muitas vezes, com meu humor alterado, passava tempos sem falar; ela nem ligava e só queria saber de treinar todos os dias.

O clube do Flamengo financiava nossa moradia na Selva de Pedra, e eu mantinha as outras despesas. Mas estava claro pra mim que em breve ela ganharia um contrato melhor em qualquer outro lugar, talvez outro país.

— Margot, hoje você nem me viu na arquibancada, mas eu fui até lá te ver treinar; você está cada vez mais espetacular — falei.

— Obrigada.

Dormíamos separados, mas Margot volta e meia invadia meu quarto à noite e me comia. O oposto ela não gostava muito, então eu sempre a deixava tomar a iniciativa e se aproximar de mim.

— Margot, você é gostosa demais.

— Obrigada.

— Margot, passa pela sua cabeça me abandonar um dia?

— Não.

— Por quê?

— Porque você é um artista que eu adoro.

Diante de tal declaração me calei. Nunca mais fiz uma pergunta idiota como essa.

O campeonato carioca de vôlei foi ganho pelo Flamengo, e Margot foi o destaque da temporada. Como ela era a mais bonita de todas as jogadoras, a mídia a jogou nas alturas.

— Luiz, estou recebendo um convite pra ir pra São Paulo jogar num time que tá sendo montado por uma companhia de seguros, vão me pagar bem. Se eu aceitar você vai comigo?

— Claro.

Um mês depois estávamos partindo pra São Paulo. Entregamos o apartamento no Rio e alugamos um apart-hotel próximo aos Jardins na capital paulista. Pra Margot tudo parecia igual; treino casa, casa treino; jogos, um depois do outro, e minha companhia que ela dizia sempre gostar. Mas pra mim era o tédio absoluto; conhecia pouquíssimas pessoas nessa cidade, a maioria era de artistas ligados a uma galeria de arte em que eu trabalhava, e além do mais a cidade sem paisagem quase me enlouquecia. Tinha muitas vezes que ir pro bairro do Sumaré pra ver o sol se pôr. Lá tinha um bar, onde eu podia beber e ficar vendo o sol desaparecer num horizonte cinza nevoento, junto com o frio que eu já conhecia; tudo isso quase me matava.

— Dizem que os cariocas implicam com São Paulo sem nem explicar por quê — falei.

— É a preguiça — retrucou Margot.

— Mas Margot, esta cidade parece querer nos engolir, nos deixar quase sem nome, nos transformar num nada.

— É uma cidade que respeita o profissionalismo das pessoas.

As afirmações de Margot sempre me calavam; e mais uma vez foi assim.

Parei de falar e pensar mal da cidade e resolvi montar um ateliê para mim. Aluguei uma casa nos fundos de um casarão perto do apart onde estávamos hospedados.

A essa altura Margot já ganhava muito melhor que no Rio. Então ela começou a bancar todas as despesas, me dava a grana que ganhava e pedia pra eu controlar tudo; comecei a pensar também em controlar seu empresário.

— Ô Margot, esse teu empresário sabe cuidar de você?

— Sabe.

Precisava arranjar um jeito de me aproximar do cara. Então comecei a frequentar os treinos de Margot diariamente. Logo entendi que eu ia me ferrar se eu tentasse ir por esse caminho, pois o empresário dela nunca estava em São Paulo, só viajava sem parar e vivia quase sempre pela Europa.

— Ô Margot, esse seu empresário..., qual é o nome dele mesmo? — perguntei.

— Bruno — ela respondeu.

— Pois é, por que o Bruno nunca aparece na nossa casa? — perguntei.

— Ele não gosta de misturar o profissional com o pessoal — disse ela.

— Convide ele então pra jantar fora algum dia — disse eu.

— Tá bem — disse ela.

Um tempo depois sentamos num restaurante no Brás. Achei que o lugar poderia ser melhor, mas Margot me disse:

— O Bruno gosta de lugares mais populares e econômicos.

Então ficamos ali esperando o cara que eu conhecia muito pouco.

— Esse cara não vem? — perguntei.

— O Bruno nunca falha — respondeu Margot.

Lá pelas tantas entrou o Bruno, acompanhado de outro sujeito.

— Boa-noite. Desculpe o atraso — falou ele.

— Não foi nada — disse Margot. — Estávamos mesmo conversando e aproveitando um momento diferente.

— Esse aqui é o Jangada — disse Bruno, apresentando sua companhia.

— É seu namorado? — perguntei, ganhando um chute de Margot por baixo da mesa.

O tal do empresário Bruno ficou corado com minha pergunta e só sorriu pra mim como resposta. O Bruno era loiro de olhos azuis e de média estatura, e o Jangada um negro de quase dois metros de altura.

— O Jangada tá indo pra Espanha — falou Bruno. — Consegui um contrato pra ele no time de vôlei do Barcelona.

— Que legal — falou Margot.

O Jangada não falava nada, só sorria e demonstrava uma certa felicidade com minha pergunta; sobre ser namorado do Bruno.

— Pois é, Margot — falou Bruno, sentando-se à mesa com o Jangada. — Estou pensando em conseguir um contrato assim pra você.

— Maravilha — disse Margot.

— Ia ser espetacular — falou o Jangada pela primeira vez. — Ainda mais pra você, que já tá com nome no exterior.

— E ninguém pergunta nada pra mim? — falei.

— Se o Bruno me levar, você não vai comigo? — perguntou Margot.

— Pra ficar perto de você faço tudo — respondi.

— Ah meu amor — disse Margot, agarrando meu pescoço.

Ganhei a noite. A partir daí tudo ficou mais relaxado, e Bruno e Jangada puderam falar abertamente que eram mesmo namorados. Eu aproveitei e fiquei sondando como seria agenciar uma atleta como Margot no exterior. Mas pra ser sincero, comecei a achar a minha ideia um pouco absurda, pois afinal, eu não teria o menor saco praquilo. Então me convenci que a melhor coisa era me entregar totalmente à vontade de Margot e aos desígnios do destino.

O empresário de Margot sumiu outra vez. Só falava com ela por telefone e quase sempre da Espanha.

— Luiz, meu amor, o Bruno ligou e me disse que tem um novo contrato pra mim em Madri — falou Margot exultante.

Lá estava eu de novo, imaginando como poderia me reestruturar. Até então meu ganho era só com minhas pinturas, mas agora tudo tinha virado uma zona, não tinha mais um ateliê direito e a maioria dos meus materiais de trabalho tinham ficado no Rio de Janeiro, bem como meu acervo. Uma ida pra Espanha seria o caos total. Então resolvi relaxar e esquecer do meu trabalho de artista e me dedicar somente a escrever, e é claro, me dedicar também a Margot.

Mandei tudo meu de volta pro Rio. Só fiz uma mala com umas poucas roupas e peguei o meu laptop meio surrado. Margot tinha três malas enormes, que eu nem conseguia tirá-las do lugar, e mais ainda sua alegria, que de forma contagiante levava a me mover rumo à Espanha.

Alugamos um apartamento perto da Porta do Sol, no centro de Madri; o Bruno arrumou tudo. Achei espetacular a cidade e sua forma de funcionar, pensei que não iria querer mais outra vida.

Margot começou a treinar no Espanhol, clube de boa estrutura, e ficou feliz por ser imediatamente escalada pra jogar. E o melhor: ela agora receberia em euros e umas três vezes mais que no Brasil.

— Margot, este país e esta cidade são maravilhosos — falei.

— Também acho — disse ela.

Margot chegava todos os dias cansada do treino. Nos dias de jogos, depois das partidas, ficava mais cansada ainda. Eu sempre preparava uma banheira de hidromassagem pra ela, e ficava atento. Quando ela começava a dormir dentro da água, então a enxugava e a levava pra cama; aí era só felicidade.

O maluco do empresário de Margot, o Bruno, a colocava na mídia sem parar. Fotos e mais fotos, entrevistas nas revistas, jornais e televisões. Margot ia ficando cada vez mais famosa, e eu cada vez mais fora da jogada. Longe da minha pintura, só me restava mesmo escrever. Na realidade, isso eu sabia fazer muito bem, mas como não era o meu meio profissional, não poderia saber no que iria dar tudo que eu estava produzindo. Além do mais, escrever na Espanha em português era um problema, não tinha pra quem mostrar. Falar, eu até falava bem o espanhol, mas escrever era outra história.

— Luiz, quero ler o que você tá escrevendo — disse Margot um dia.

— Você sempre chega cansada dos treinos, não vale a pena se cansar mais — falei.

— Por isso mesmo. Quero mexer com minha cabeça, e não só com meus músculos — disse ela.

— Ora, Margot, você usa sem parar a cabeça. Se não fosse assim, você não seria a craque que é — falei.

— Quero ler o que você tá escrevendo e pronto — falou ela.

Não tive escolha. Tirei uma cópia na impressora do meu último livro, que já estava quase pronto dentro do meu computador; até título ele já possuía: *Feras selvagens correm por entre as estrelas — Elas têm estilo, o escritor não.*

Margot começou a ler todos os dias, depois dos treinos e do banho que eu lhe dava quando chegava exausta em casa, com direito a creme e todo tipo de massagem.

— Luiz, sou uma corna mesmo. No seu livro, o personagem principal é você mesmo, com seu nome e tudo mais — disse ela.

— Ô Margot, é tudo ficção — falei.

— Não parece. Você fala de muitos episódios da sua vida e come mulheres demais — disse ela.

— Mas tem milhares de declarações de amor pra você — falei.

— Por que você não dá outro nome ao personagem principal? — perguntou ela.

— Porque não vou colocar minhas palavras na boca de ninguém mais que não seja eu — respondi.

— Então, não falei? Sou corna mesmo, tudo aqui é verdade — disse ela.

Não adiantava falar mais nada; fiquei calado. Ela continuou lendo e indo aos seus treinos, e eu continuei inventando as minhas histórias.

— Luiz, gostei do seu livro, você precisa publicá-lo. Mas eu continuo me sentindo uma corna diante das suas histórias — falou Margot.

Dias se passaram e não falamos mais do livro. Até que, num final de tarde, o Bruno entrou porta adentro do nosso apartamento com a cópia que eu tinha imprimido e dado a Margot para ler, e que continha quase a íntegra da minha futura publicação.

— Seu livro é ótimo — falou Bruno. — Principalmente quando você fala da sua experiência homossexual frustrada e o seu entendimento do universo gay.

— Todo veado vai gostar dessa parte, eu sei — disse só para provocar o Bruno, mas aí tudo virou guerra.

— Ô Luiz, por que você tá de grossura com o Bruno? — perguntou Margot com a voz alterada e entrando na sala.

— Não sou nenhuma bicha, não — falou Bruno. — Sou um homossexual assumido, um gay.

— Você e suas grossuras — falou Margot.

— Que é isso, uma aliança contra mim? — perguntei e continuei: — Esse livro, que nem sequer tá publicado, o que tá fazendo na mão do Bruno?

— Fui eu que emprestei — disse Margot.

— Não dei autorização para ninguém ler além de você — falei.

— Queria a opinião do Bruno. Queria saber se estou muito corna com essas suas histórias — disse ela.

— Olha, Margot, já falei que tudo aí é ficção.

— Às vezes, parece autobiográfico — disse Bruno.

— Tá vendo, sou corna mesmo em aceitar tudo isso — disse Margot.

— Quer saber, Margot? O corno aqui sou eu, pois é você que está todo dia na quadra com sua linda bundinha de fora, naqueles shortinhos, pulando e balançando esses seus peitinhos mais lindos ainda. E todos lá vendo, fotografando e admirando.

— Não tem nada a ver — disse Margot. — É a minha profissão.

— Acho que você tem razão. Pois afinal na minha profissão ninguém trabalha, artista é vagabundo. Tudo o que ele faz é malandragem, só pra sacanear as pessoas que estão à sua volta e a sociedade como um todo. Puta que pariu, caralho — gritei e fiquei meio puto com tudo que tinha acontecido ali naquela hora.

Nisso o Bruno se mandou, e Margot amarrou a cara pra mim; coisa que ela nunca tinha feito antes. Ficou assim uns dias, e eu fiquei na minha, até que numa noite ela invadiu meu quarto e me comeu.

— Luiz, estou com saudades dos banhos que você me dava depois dos treinos e dos jogos — disse ela.

— Posso voltar a dá-los outra vez, basta você sorrir outra vez pra mim — falei.

Margot abriu o sorriso mais bonito que possuía; então tudo voltou ao normal. Quer dizer, mais ou menos, pois algumas semanas depois, lá veio a notícia da gravidez de Margot.

— Luiz, não sei como vou fazer agora — disse Margot.

— Ter um filho não era o que você sempre quis? — perguntei.

— Era, mas não sei como vou conciliar a gravidez com o vôlei.

— Impossível — falei.

Margot comunicou tudo ao clube e ao seu empresário. Este ficou aborrecido com ela, e ela sentida com ele.

— O Bruno me magoou — disse ela.

— Pois é, esses caras que só pensam em dinheiro são assim mesmo — falei.

Depois de acertar uma suspensão de contrato com o Espanhol, Margot e eu voltamos pro Rio de Janeiro. Ela queria passar a gravidez perto da família. Mas nada foi muito calmo assim; a mídia caiu em cima dela com fofocas e distorção do real. Publicações na Espanha e no Brasil diziam que o pai da criança era um ator americano, que tinha tido um caso com ela quando de passagem por Madri.

— Tá vendo quem é o corno aqui neste casal? — falei.

— Você sabe que tudo é mentira — disse ela.

— Pra quem eu entrego as publicações e peço uma opinião, se sou corno ou não, como você fez com meu livro? — perguntei.

— Olha, Luiz, se o seu livro não tivesse mexido tanto comigo, eu não teria pedido opinião ao Bruno. Aí eu não teria brigado com você, e também não teria te procurado naquela noite pra fazer as pazes e trepado sem me precaver. Logo não estaria grávida, e você não estaria todo feliz como está — disse Margot.

— É verdade — falei.

— Então vamos combinar o seguinte: cuida de mim e ponto final — disse ela.

— Tá legal — falei.

Daí pra frente foi só ver a barriga de Margot crescer e vê-la se transformar numa mulher mais linda ainda do que já era.

— Por que você ficou tão linda com esse barrigão? — perguntei.

— São os seus olhos — respondeu.

Meses depois nasceu o Alex. Margot se tornou a mãe mais terna que eu já tinha visto e amamentou o garoto durante seis meses. A mídia outra vez caiu em cima.

Aos poucos Margot foi recuperando sua antiga forma, malhando quase todo dia na academia e jogando sem contrato pelo Flamengo. Em menos de um ano estava novamente apta pra encarar qualquer parada dentro do vôlei. Aí recebemos a visita do Bruno; o sempre empresário de Margot.

— Parabéns pra vocês dois — disse ele, já sentado no sofá da nossa casa.

— Cara, não gosto de sujeito fingido como você — falei.

— Luiz, não seja grosso com o Bruno — disse Margot.

— Tá bom, vou me retirar pra não ter que aturar esse sujeito aí — falei.

Saí e fiquei a distância, não só da sala, como também das conversações sobre um novo contrato de Margot.

— Luiz, o Bruno tá me chamando pra jogar na Itália — falou Margot.

— E eu e o Alex? — perguntei.

— Olha, Luiz, estão me convocando pra jogar o mundial pela seleção que irá acontecer no Kuwait. Só depois então é que eu irei pra Itália. Então tava pensando em você ir ficando por aqui com nosso filho enquanto eu acerto as coisas por lá.

Mais uma vez uma zona na minha vida — pensei.

Eu já tinha me estruturado novamente. Estava com um ateliê novo, uma produção nova e uma grande exposição marcada pro próximo ano. Meu livro de contos — o livro que já tinha produzido muito efeito na minha vida — seria lançado na mesma época da exposição.

— Ô Margot, você sabe que no próximo ano eu faço uma nova exposição e lanço meu livro — falei.

— Por isso mesmo. Você vai ficando por aqui, enquanto eu viajo e me estruturo por lá — disse ela.

Não deu pra combinar mais nada, Margot foi jogar pela seleção e deixou aquele recado nas entrelinhas: toma, que o filho é teu. E eu me tornei um pai-mãe de um menino com um ano de vida, o Alex.

— Papá — me chamava o Alex.

Eu mostrava as fotos da mãe dele e as matérias de TV quando ela aparecia, e ele falava:

— Mamã.

Fui levando a vida assim: cuidando do Alex e aguardando as idas e vindas de Margot, que nessa época já estava morando em Roma.

Continuei trabalhando, como podia. Minhas pinturas iam ficando prontas, e meu livro chegou da editora, com uma revisão perfeita. Acho que queriam me transformar num escritor perfeito. Mas não dava. Minha linguagem coloquial bagunçava tudo.

O tempo foi passando, e as coisas se repetindo.

Finalmente chegou o dia da abertura da minha exposição e do lançamento do meu livro de contos. Tudo rolava bem, só faltava mesmo Margot, que disse que não poderia estar presente em função de jogos pelo campeonato italiano.

Alex ficava no meu colo, ou no colo da avó, e estava adorando todo o movimento. De repente começou a falar:

— Mamã, mamã.

Não entendi logo, mas aí vi Margot entrando na galeria e pegando o Alex no colo. Fiquei em pé pra recebê-la e ganhei um beijo prolongado na boca. A TV, que dava cobertura ao evento, não perdeu tempo e focou em cima de Margot; ela sorria com o filho no colo e o rosto encostado no meu.

— A corna chegou a tempo — sussurrou no meu ouvido.

75

Você

Quando toquei seus ombros
naquele abraço.
Meus braços
conversaram com seus ombros.
Não compreendi nada do que ocorria.
Somente um prazer percorreu
a minha pele na sua.
Era só um abraço
muito depois do amor e do sexo.
Mas a pele dos meus braços
nos seus ombros nus
me revelaram toda a verdade da vida.
Agora não sei mais viver sem você.

76

A comporta

Eu estava dormindo profundamente e no sono pensava num sonho. Havia uma campainha que tocava incessantemente. Não conseguia entender de onde vinha aquele som. Fui despertando. Mas tudo era silêncio. E aquele som escutado que me despertou? Levantei da minha cama e percebi que uma luz entrava pela porta. Era noite e a intensa luminosidade que penetrava no quarto era o som por mim escutado. Caminhei e fui banhado por uma luminescência esverdeada. Lá no fundo havia uma comporta que se abria para uma paisagem marinha. Caminhei de encontro a ela. Mais alguns passos e não haveria retorno. Mas continuei caminhando.

77

O moderno e o contemporâneo

Hoje te mostrarei as mais incríveis combinações de letras inegavelmente incompreensíveis:

Sjhngolssktmnfkdl mddkdddndddo ledmd ndofpf.d nbseuemdm ndndywianqolf nddjddiedjkdbwuwo menfifokj sdnddiddmddn ndhsgwteurpdlm ndsjwwowplutyen smdkkmee eeerkddms nwwwj ssjjjksk mssddkddm jkkewyeelç aadpddsç mnfikl

njfloutredsb ckojuhgfsrtam nberikjha nbgfredwvsolkijyhgd nskohsnbdjkmnertijslsjjgnti bsgdyritm bdjdgwracsj lgypgkfçdkdusbscaseeytioulhm hshdudrbdndjhdh

hdjdndbndjdb ndjdgdjdfjfbwgsadwufohl mdkfptpdkduytwrqdsvfnb hdegdjdjbsdjdjdjebssdjdj bdhdidndndnik djddkdkdkdk kekdkdjdkdkdjdkdedhwvwfyhjkukjojfghdvfh

Poderíamos imaginar vários textos aqui, mas esses textos simplesmente não existem. Tente se lembrar de alguma coisa que você leu nas páginas deste livro, mas

lembre-se também de linguagens de outros autores e imagens criadas por alguns artistas e sonhadores e pense que o que foi novo a cada instante não é mais agora.

E assim foi vislumbrado:

O moderno
é o que se pensa ter sido novo um dia
O contemporâneo
é o novo por um só dia

Teremos uma pausa agora.

Este livro foi composto na tipologia Palatino LT Std,
em corpo 11/15,8, e impresso em papel off-white 80g/m²,
no Sistema Cameron da Divisão Gráfica
da Distribuidora Record.